オレンジデイズ

北川悦吏子

角川文庫
14126

目次

脚本／北川悦吏子
ノベライズ／小泉すみれ
装画／くらもちふさこ
装丁／片岡忠彦

1

あの頃は、夕日がよく出てたな、と思ってさ。夕焼けの空をよく見た気がするんだ。でも、それはこっちのせいでさ、今は夕方の6時なんてまだ会社にいるだろ？　そしたら夕焼けなんて気づかないで終わっちまう。残念ながら僕の会社はウォーターフロントとかの全面ガラス張りの洒落《しゃれ》たとことはほど遠いしね。

でも、あの頃はさ、4限が終わって、教室から出て、西門までの間、空の下を歩く僕たちを、もぎたてのオレンジみたいな夕日が、いやおうなく照らすんだ。クラスメイトもみんな、夕焼け色に染まってた。

ま、そんなこと、もちろん、あの頃はありがたがりもしなかったんだけどね。だって、それ以上に大切なことが、たくさんあったんだ。友だちとか、この先の人生とか、恋、とか。考えることが多すぎてね。たとえば、就職とか、ね……。

そして、僕は子どもでいられる最後の年に、彼女と出会ったんだ。

＊

またひとつ、ウソをついてしまった——。

結城《ゆうき》耀《かい》は地下鉄のホームで電車を待ちながら、うっすらと自己嫌悪に陥っていた。

慣れないスーツを着て、きっちり白線の内側に立っている。頭の中は今しがた受けてきたばかりの、アルファ時計の人事面接のことでいっぱいだった。

とりあえず、笑顔だけは通せていたような気がする。多少ぎこちないながらも、青年らしいスマイルはキープ。背筋だってちゃんと伸ばしてた。

面接官は耀が提出したエントリーシートを見て、大学の専攻について質問してきた。社会福祉心理学って、どんなことを勉強するの、と。耀は一呼吸置いてから、用意していた答えを話し始める。

『主に、病気の人や障害を持った人の心理学にもとづいた、精神的なケアです。そんな人たちを少しでも助けられたら、と大学で四年間、勉強しました』

いろいろな会社の面接で、何度も同じことを言ってきたおかげで、すらすらと口をついて出るようになった。

しかしじゃあ……と、別の面接官がすかさず訊《き》いてきた。どうして病院や福祉関係の会社に就職しないのか、と。

『福祉の精神はどんなところででも生かせると思ったんです。視野を広げて。メーカーという物を作る場所でも人のことをまず考えることにかわりはないのではないかと……』

耀がにこやかに告げると、面接官たちはほうっと感心した表情になった。いや、なったような気がしたのだが、実のところはどうだろう……。実際、病院や福祉センターなど、専攻を生かせる場所をいくつも面接を受けてみたけれど、落ちまくっていた。櫂の焦りも限界に来ていたのだ。

職種なんて何でもいい。とにかく、まずは一社、内定取らなきゃ。

それが、本音だ。櫂の隣では、サラリーマンらしき男性が、携帯電話をかけている。見えない相手に向かって、平身低頭、しきりに謝り続けている。謝る仕事があるだけうらやましい。頭を下げているサラリーマンと目が合ってしまい、さっと逸《そ》らすと、反対側では茶髪の学生たちが合コンの話で盛り上がっていた。そちらの能天気さも、うらやましい。

学生と社会人。櫂はちょうど、その間にいる。

櫂はリクルートスーツのまま、大学に向かった。私立明青学院大学。櫂は歩行者ゾーンの白い線に乗っかって歩いていると、革靴のソールが、重い音をたてている。

「お前、そんな恰好《かっこう》で大学来るなよ。浮いてるよ」

矢嶋啓太《やしまけいた》が、後ろから来て、からかった。スクーターに乗り、裏原宿系の洋服をさりげなく着こなしている。

「午前中、一個、面接あったんだ」

櫂は答えながら、啓太の顔を見てほっとした。ようやく、学生の世界に戻ってきた感じがしたのだ。

「どう?」と啓太に訊かれて、櫂は「さあ……」と曖昧《あいまい》に首を振った。就職活動中の身には、お決まりのやりとりになっている。

「あっ、お前またそれ取ってきたの？」

啓太は大きなオレンジを持っている。

「ん。大学出たとこの、オレンジの木。太陽堂のわきんとこの」

「知ってるよ。けっこう甘いんだよね、それ」

「やるよ。そのスーツに似合う」

啓太は屈託なく、オレンジを投げてよこした。

「お気楽だねー。内定出てるやつは」

櫂は笑いながら受け取った。ヘタのあたりに鼻を近づけると、ほのかに甘酸っぱい香気がある。

「就職課のぞいてから行くから――」

櫂は啓太と5号館の前で別れた。


ブラスバンド部がサックスの練習をしている。体育会の連中がかけ声を上げランニングで通り過ぎていく。

いつもの見慣れた風景だ。

櫂は靴紐《ひも》がほどけているのに気づいて身体をかがめた。一瞬、ざわめきが消えた。すると、サックスに混ざって、バイオリンの音が聞こえてきた。流れるようなバイオリンの音色。櫂は思わず顔を上げた。

小高い芝生のスロープで、長い髪の女の子がバイオリンを弾いている。右手の弓を動かすたび、小さな顎《あご》がバイオリンの上で揺れ、茶色い髪が頬にかかる。まっすぐに切りそろえてある前髪の下からは、力強い瞳《ひとみ》がのぞいていた。

彼女はちらと櫂のほうを見た。目が合っても動じない様子で、曲は派手《はで》なエンディングを迎えた。櫂は思わずカバンを脇に抱え、拍手を送っていた。

彼女は怪訝《けげん》そうに櫂を見ると、サッと手を差し出し、高飛車な微笑みを投げかけてきた。

「えっ、お金……。取んの？……ちょっと……待って」

櫂は慌てた。カバンの中を探ったが、あいにくと持ち合わせがない。

「あ、金、帰りに銀行で下ろそうと思って……今ないんだ……。あ、これ。これで」

櫂はオレンジを差し出した。彼女は、とりあえず受け取った。そこに、櫂よりもすらりと申し分のない男がやって来た。櫂を見ると、「何か用？」と訊いてきたので、櫂はしどろもどろな返事をして、離れていく。

彼女はオレンジをベンチに置いて、バイオリンをケースに収めた。そして、一瞬置き去りにしたオレンジを、再び手に取ると踵《きびす》を返した。

櫂は啓太と文学部の大講義室で、堺田《さかいだ》教授の講義を受けていた。本日のテーマは「森田療法」。堺田教授の声を遮るように、廊下から、女のすすり泣きと叫び声とが交互に聞こえてくる。相田翔平《あいだしようへい》が女に詰め寄られているのだった。

「何かどこかで、日本のどこかで修羅場が……。シュラバ……ラバンバ……」

堺田教授も苦笑している。

そこに天の助けか、チャイムが鳴った。

「翔平、いろいろひどくない？」

櫂たちが講義室を出ると、翔平は依然、女に詰め寄られていた。最近よく一緒にいたアリサという女だ。ケバいメイクに、派手な色のマイクロミニのスカートを穿《は》いている。いつものことなので、翔平はひどいついでにうんざり顔。そっぽを向いたりしている。浅黒い肌に茶髪をたらし、やり手のホストに見えなくもない。

「あ、あのね。こいつはひどいよ。極悪非道。俺なんかどう？　やさしいし、やさしいし、やさしいよ」

啓太がアリサに持ちかけたが、無視されている。

翔平は単位がヤバイと言い訳を残し、堺田教授を追って逃げた。すかさずその後をアリサが追っていく。

「ストーカーだね。完璧《かんぺき》なストーキング。24時間体制……」

啓太が愉快そうに櫂に耳打ちした。

櫂は笑いながらも、多少、ハラハラしていた。翔平はカメラマンのアシスタントのバイトを掛け持ちしている。忙しいくせに女の子にも手が早い。当然出席数は足りず、どうにか、やりくりしているらしい。


耀は啓太と一緒に構内を歩いた。

中庭のテーブルで手話を練習しているグループがある。中に、高木真帆《たかぎまほ》がいた。背が高く、大人でキュートな美人風。流れるような手つきで、手話を教えている。

「耀くーん！」

真帆は笑顔で駆け寄ってきた。

「就職決まった？」

「……うっ。いえ、まだ……」

耀は啓太の背中に隠れている。

「……真帆さん、直球っすね」

啓太が言った。

「今日、面接じゃなかったっけ？」

真帆は開口一番たずねた。耀はうっと詰まってしまう。

「今日面接あって、その日に内定出るかよ、バカヤローと言ってます」

啓太が勝手に通訳した。

「言ってねーだろっ」

耀は小声で毒づいた。

「そっか。そりゃま、そうね。でも、ほら、今日はアルファ時計でしょ、その他にもいろいろ受けてたじゃない」

真帆はさりげなく励まそうとしている。「でも、いろいろ落ちてますし……」と、啓太が櫂の代わりに付け加えた。

「うーん……。がんばってね、がんばるんだよ」

真帆は明るく言い残し、手話のグループに戻っていった。

「相変わらず元気だね、ねーさん」

啓太が見送りながら言うが、うん……と櫂は生返事だ。

「テンション高いっつーか」

「ああ」

「うまくいってんだろ?」

「いってるよ」

三つ年上の真帆と櫂は、つき合い始めて、そろそろ三年になるところだった。

櫂は池尻《いけじり》にある部屋に戻り、面接した会社からの連絡を待っていた。1DKの間取りのコーポには、妹の愛《あい》がよく訪ねてくる。愛はこの春、都内の女子大に入学したばかりだが、渋谷《しぶや》だのマルキューだの合コンだのと、すっかり東京でのひとり暮らしを満喫している。新しくできた友だちから何度も携帯に連絡が入る。妹の携帯が鳴るたびに、櫂は会社からの連絡かと緊張した。

「まぎらわしーんだよ、着メロ。キック・ザ・カンクルー」

「えっ、お兄ちゃん、今、ナオタローじゃん」

「この前までその曲だったろ。真似すんなよ」

「あ、キゲン悪ーい。面接の電話ないからって、私のせいじゃないもんねー」

「お前さあ、遊ぶ金ばっかせびりに来んじゃないよ。ちゃんと大学行ってんのかよ。合コンばっかやってんじゃないのか？」

「やってるよ」

「なんだよ、彼氏いるのかよ」

耀が毒づくと、妹はしれっとした顔で、いっぱいいるよ、と答えた。

「……もういい。話したくない。俺は今、しあわせなやつとは話したくないんだっ」

耀はいじけながら、ベッドに寝ころんだ。

「……何よ。今日はお金せびりに来たんじゃないよ。お母さんが電話してきて、お兄ちゃん、就職どうなってんだって心配して、夜も眠れないって、そいでさり気なく見に行ってやってくれって言うから来たんだよっ」

「さり気なくだったらさり気なくしろよ。全部言ってるじゃないか。そうやって、プレッシャーかけるなよ——」

突然、ナオタローの着メロが鳴った。耀はハッと緊張しつつ、そおっと携帯画面を見た。

「あっ、非通知だよ。就職試験の通知って非通知でくるんだよ。はい、もしもし——」

燿は居住まいを正し、電話に出た。妹は後ろで心配そうに見ている。

『えー、こちらアルファ時計、人事部の者ですが……』

「あ、今日はどうも……」

燿は恐縮しながら、ポリポリと頭など掻《か》いてみた。

『あなた、なかなか感じよかったんですけどねー。ルックスが今一つ……』

「えっ、ルックス？　ルックスですか⁈」

『その目がね、キッとしてたらよかったんだけどなー。つぶらすぎるっていうか。あと口がボテッとしてるのもねえ——』

何か変だ……と燿は思った。

『——ハハハ。騙《だま》されたー？　今、渋谷の庄屋で飲んでるの。出て来ない？』

翔平の声だった。

「いいかげんにしろっ——」

燿は怒鳴って、携帯をブチッと切った。すると、すかさずまたナオタローの着メロ。燿は携帯画面を見て、今度はこそこそと電話にでた。

真帆だった。近くの公園まで来ているという。

「これ……。昼間、渡し忘れた——」

真帆は小さな紙袋を差し出した。

「今日、大学院に用事あって町田キャンパスの方行ったから。町田天満宮――」

袋の中からお守りが出てきた。「就職成就御守」とある。

「就職、うまく行くといいなと思って」

「これ、わざわざ？」

「ん。まあ……」

真帆はしおらしく、恥ずかしそうにしている。

「サンキュ。あ……啓太がいたから？　昼間……渡せなかったの」

「……ああ、なんかね」

「気、つかい過ぎ」

「……そうかな」

「彼女なんだから。あなた僕の」

「んー、なんかね。パキパキしちゃっていやね」

真帆は苦笑いしながら、軽く自己批判を始めている。

「こっち、三つも年上だとさ、クールにカッコよくビシッとしなきゃ……なんてね。アネゴだもん」

「変だよ、それ」

「んー。私、少なくともあと三年は大学院で、櫂くん卒業してくでしょ？」

「ああ」

「遠くに行っちゃいそうで、ちょっとこわいよ……」

真帆はふと気弱に、女の人の目で櫂を見た。

櫂は真帆の肩を抱き寄せた。真帆は素直に身体を預けている。大学では一生懸命気を張っている真帆だが、ふたりきりでいる時は、女の人になる。

とりあえず、内定取らなきゃ。

明日からまた頑張ろう、と櫂は思った。


翌日、櫂が就職課の掲示板をチェックしていると、隣から何やら強い視線を感じた。昨日、バイオリンを弾いていた女の子がじいっと見ている。ぶしつけだが、顔は可愛い。櫂は軽く会釈したが、彼女はぷいっと目を逸《そ》らし、求人情報を見始めた。櫂は若干頭にきたが、気にせずメモをとった。すると、彼女は櫂の横につつつ…と寄って来て、櫂のメモをのぞき込み、ふうんという顔をした。櫂はカチンときた。こんなしょぼいとこ受けるの……？　と言われているような気がしてしまう。

が、櫂は気を取り直し、求人を見ている彼女に、「四年？」とたずねた。彼女はちらっと見たものの、無視している。

「どういうとこ受けるの？」

櫂がめげずにきくと、彼女は不機嫌そうに離れてしまった。

「何だよ、口くらいきけよ……」

櫂はボソッと言った。一瞬、彼女の顔が曇ったのを、櫂は見すごしていた。

「カイー!! 櫂くーん!!」

真帆がバルコニーから手を振っている。子犬がしっぽ振ってるみたいに元気だ。櫂は手を振り返した。

「翔平くんたちが探してるよ!! 大講義室でこれから就職説明会だって!」

「あっ……。行く行く」

櫂はメモをとっていたファイルを片づけた。

「行かないの?」

櫂は彼女に声をかけたが、行く気配は感じられない。櫂はため息をつき、説明会へと向かった。その時、「就職成就御守」を落としたことに櫂は気がつかなかった。

彼女はお守りを拾い上げ、ていねいにホコリをはらった。追いかけようとしたがすでに櫂はいないのだった。


大講義室の後方の席に、櫂は啓太と翔平と並んで座っていた。教壇では就職課の職員が過酷な就職状況を説明している。聞いたからと言って、何がどうなるわけでもない。通り一遍の儀式のような説明会に、他の学生たちも興味がそがれている。

「お願い! 一生のお願い——」

啓太が何やら翔平に手を合わせている。

「お前、一生のお願いが何回あんだよ」

「俺の最後の恋なんだ」

啓太は自分の思いにうっとりしている。

「それ、この間の白百合《しらゆり》女子大の合コンの時も言ってた」

翔平は軽く突き放した。

「そんなかわいいの？」

燿は思わずたずねていた。就職説明会はすでに終わって、学生たちは散り始めている。

「転入生なのかな……。あんな子いたら絶対目立つもん。今まで気づかないはずないと思うんだ」

啓太は夢見るような瞳《ひとみ》でつぶやいている。啓太特有の、ロマンチック癖だ。想像しては裏切られ、でも、そんな啓太のことが、燿も翔平も憎めない。

「へー。そんな綺麗《きれい》なんだ」

燿は興味津々で、仲介役を買って出た。

「デートの約束とりつければいいんだろ？」

「いや、いいよ。それは。燿くん」

啓太はやんわりと辞退する。

「餅《もち》は餅屋っていうか。うまくいくものもうまくいかないっていうか。縁起でもないっていうか。今までの実績？　頼むよ、頼む、翔平くん」

啓太は経験豊富な翔平の方を拝んでいる。実績と言っても、修羅場もまた多いわけであるが。

「あそ。昼、何食う？」

と、櫂はさっさと気分を切り替えて大講義室を出た。しかし、そこには、アリサが、じとーっと湿った視線で待ちかまえていた。仕方なく、翔平はアリサを連れて近くのカフェに入った。


ル・リストは三人のお気に入りカフェだった。ミッドセンチュリーのユーズド・テーブルやチェアがいい感じに並んでいる。

「……ホントなんですか？」

アリサは啓太の話を聞いて、呆然《ぼうぜん》としている。化粧は濃く、マスカラたっぷりの睫毛《まつげ》がひじきみたいだ。女としての気合いが、充分すぎるほど伝わってくる。

「いや、俺はあんまり詳しいこと知らないけど、……まあ、ホントかな……。俺、こう見えてもバリアフリーで、ゲイとかホモのやつの友だち多くてね——」

櫂は啓太の話の後押しをした。

「……深い関係？」

アリサは啓太に詰め寄った。

「……肉体関係？　いや、もうそれは、バリバリ。こいつ、寝させてくれなくて」

啓太は手をくねくねさせながら、翔平を見つめている。

「このオカマ野郎！」

アリサはコップをつかみ、翔平のコロッケ定食に水をぶちまけて、泣きながら店を出ていった。三人は呆気《あつけ》にとられながらも、作戦成功を確信した。

「俺の方も頼むよ」

すかさず啓太は翔平にすり寄った。交換条件かよ……と、翔平はしぶしぶ承知した。

「おい……。彼女、泣いてたぞ」

櫂は心配したが、翔平はとりあわない。

「一番プライド傷つかないんだ。好きな男はゲイだったってのがさ。他に女がいた、なんて方がよっぽど逆上すんだよ、女は」

翔平はそっけない。

「そういうもんかね」

櫂は呆《あき》れた。

「いいんだよ。どうせろくでもない女だよ。俺の他にも、パパが何人かいてさ」

「ちゃんとした女とつき合えよ」

櫂は本気で忠告した。が、思いがけず地雷を踏んでしまったようで、翔平との間に緊張感が走った。

「ま、ま、まま。あ、俺のカニクリームコロッケ食う?」

啓太が必死にとりなした。啓太はいつも二人の間のクッションになっている。が、今日の櫂は、平然と構えている翔平のことが見過ごせないのだった。

「お前、就職活動もしてなくてさ、どうするつもりなんだよ」

櫂は話の矛先を変えた。すると、翔平は鼻で笑った。

「やってられっかよ。似合わないネクタイしてさ。わけわかんないオヤジにペコペコ頭下げて。お前、面接なんて楽しいか?」

「……楽しかないよ。けど、ずっと学生じゃいられないんだよ。将来、どうすんだ」

「俺はさ、サラリーマンなんかになるのゴメンなの。満員電車揺られて、たまに座れるとラッキーなんて思って、傘でゴルフの素振りしてさ。腹出て、うんざりするね」

「……俺は、えらいと思うね。駅のホームで背広姿の人見るたびに、ああ、この人はどっかの企業にちゃんと試験を受けて通ったんだ。そしてこの年まで、ちゃんと働きつづけてんだ……って。えらいじゃないか」

「あ、それ、俺もわかる――」

啓太が共感した。

「試験、落ちつづけるとさ、新橋のガード下で酔っぱらってるサラリーマンも輝いて見えるよな。ああ、この人たちはちゃんとどっかの企業が採ってくれたんだ。どっかに所属してんだ、って。俺ら、だって大学卒業したら、ただのプーだぜ。どこどこの誰々って言えないんだぜ——」

「俺は、そんなもんになりたかないんだよ」

翔平はきっぱりと言った。

「じゃ、何になるんだよ——」

燿は思わず声を荒らげていた。今の自分を否定されたような気がしたのだ。

「翔平は何になるんだよ。お前にそんな特別なもんがあるのかよ」

「……関係ないだろ。ほっとけよ」

翔平は不機嫌に言い残して、出ていった。

「あいつ、バイトでカメラマンのアシスタントとかやってんだろ。そのままカメラマンとかになれるあて、あるのかな……」

燿は自分のことは棚にあげて、翔平のことが純粋に心配だった。彼は親からの援助もなく、足の不自由な妹と二人暮らしだった。

燿はその夜、明け方まで、なかなか寝付かれなかった。翔平に言った言葉が、そのまま自分の心にも突き刺さっていた。


翌日、燿が学食に行くと、啓太と翔平が並んで座っていた。燿は翔平がいるのを目の端にひっかけながら、少し距離をおいて座った。燿は携帯をテーブルの傍らに置いた。すぐに電話に出られるように、いつの間にか癖になっている。

「ないよ。電話だったら」

櫂は二人の視線を感じ、携帯をカバンにしまった。

「あ、そうだ。もう、非通知で電話して来ないでね。紛らわしいから」

「あい。すいません。……あっ、俺、きのう言ってた綺麗な女の子とデートすんの。こいつがさ、翔平が口きいてくれて」

啓太がなんとか空気を盛り上げようと、話し始めた。翔平が遊園地デートの約束を取り付けてきたという。

「35番。タヌキうどんの人ー!!」

啓太が呼ばれて、取りに行ってしまった。櫂と翔平は気まずく、生姜《しょうが》焼き定食を食べた。

「……昨日は、からんで悪かったよ」

翔平がぶっきらぼうに謝った。

「いや、こっちこそ。説教じみたこと言って……」

櫂も謝った。

「固いよな。ここの肉」

「ああ。まあ、肉であるっていうだけだよな」

「なんかさ、ピンと来ないんだよ」

翔平は櫂を見た。

「肉じゃないよ」

「なんとかしなきゃいけないの、わかってんだけどさ。なんか違うだろうってさ、俺ん中で」

翔平は割り切れない様子で言った。傍らには、リクルートスーツを着た四年生の一群がいて、就職話で持ちきりだ。

「わかる気するよ」

耀は言った。

「俺もなんか、流れに流されてるだけだもんな。とりあえず就職しなきゃ。内定取らなきゃってさ。ちゃんと考えてるかっつったらさ、どうだかって感じだよ」

「……俺なりに、考えようと思ったよ、昨日、初めて。お前に言われて——」

翔平は笑った。

「ああいうこと、あんまり本気で言うやついないからさ。うぜーなと思ったけどさ」

翔平の笑顔に、耀は少しだけ心が軽くなった。

風呂《ふろ》につかりながら、耀は啓太に電話をしてみる。

「鳴らねー。電話鳴らねー。俺は彼からの電話を待ってる恋する乙女か……」

デートのことで頭がいっぱいらしい啓太は、知るかよ、と一蹴《いっしゅう》し、電話を切った。

すでに食品メーカーに就職が内定している啓太は、デートのシミュレーションをしている。

「ジェットコースターでも、コーヒーカップでも、メリーゴーラウンドでも何でもいいや。で、彼女が降りる時、スッと手を差し出す。手を取った彼女は、あ、ありがと……なんて、ややはにかんだ感じで言って。それが初めてのスキンシップなわけだ」

啓太はうっとりしている。

「……長かった。ここまで来るの長かったー。四年だよ。ギリギリセーフだよ。大学四年にして初彼女。しかも超カワイイ、マジヤバイ！　待てばカイロの日和あり。石の上にも三年。いや四年——」

啓太ははしゃいだ。そうだとばかり、啓太は櫂に電話をした。

「あのさ、ビームスとPPFMのジャケット、どっちがイケてると思う？」

知るかよ、今度は櫂があきれて電話を切った。お互い様なのだった。

翌日、啓太は見るからにめかしこんで大学にやって来た。が、啓太は翔平から話を聞いて愕然《がくぜん》とした。ひと目惚《ぼ》れの彼女は耳が不自由だという。

「……俺、遠くから見てただけだからさ」

啓太は落ち込んでいる。

「うん、まあ。喋《しゃべ》らないのか喋れないのか知らないけど喋んなかったな。手話？　あの手動かすやつ。それやってた」

翔平は言った。昨日、カメラを持って啓太の意中の人に近付いた翔平は、シャッター音に気がつかない彼女の写真を撮り、危うくカメラを壊されそうになったのだ。

「どうやって、デートすんだよ……」

啓太はぶつぶつ言っている。

「お前ね、男と女に言葉なんかいらないんだよ。押し倒しちゃえば――」

翔平が言っていると、櫂がやって来た。

「朝から、どんな話だよ。あっ、デートだデートだ。めかしこんじゃって。あれ？」

反応の鈍い二人を、櫂は不思議そうに見た。

「ねえ、一緒に行かない？」

啓太はデートに付き添ってくれと誘った。「行かねーよ」と櫂と翔平は同時に答えていた。

「だったらさ……、代わりに行かない？」

「俺、バイト」

翔平は即答した。

「行かない？」

啓太は今度は櫂を見た。

「行かないよ。お前が誘ったんだろ、自分で行けよ」

「だって櫂、手話できるじゃんかよ。真帆さんにつき合って、よくやってるじゃないか。あっ、一年の時、手話の講義も取ってたろ？」

「忘れたよ。じゃあ、お前、第二外国語、フランス語だからってフランス語喋れるかよ」

「イッヒ・リーベ・ディッヒ」

「……ドイツ語だし」

櫂は一応ツッコミを入れた。

「いやー、参っちゃったよ。なんかさ、ほら、俺、ウエダフーズ受ける時、OB訪問したじゃん。その先輩から、今日飲もうって。いや、行かないわけいかないよ。内定取り消されちゃうよ」

啓太はあの手この手で行かない方策を考えている。翔平は啓太のウソにうすうす気づいているが、正直者の櫂には、それが見抜けない。啓太も押せば何とかなると踏んでいる。

「頼むよ。頼む。代わりに行ってくれ。1時に遊園地の入口」

「だから、行かないって」

結局のところ、櫂はふてくされた顔で、遊園地の門の前に立っていた。

相手の名前は「萩尾沙絵《はぎおさえ》」。顔も知らない。携帯ナンバーだけ持たされて、櫂はため息をついた。そこに、プジョーの赤い自転車がスイーッと走って来た。長い髪の女の子が軽快に降り立つ。バイオリンを弾いていた彼女だった。バツが悪いが、櫂はなんとなく会釈してみた。彼女も櫂に気づいた。少し離れたところに自転車を止めて、人待ち顔で立っている。

見るとはなしに見ながら、櫂はハッと思い当たった。

相手もすでに気がついていて、もしやという視線で櫂をうかがい見ている。

「あの……。俺、矢嶋啓太の代わり——」

櫂は切り出してから、一連のことを思い出していた。彼女、耳が聞こえなかったんだ。でも、バイオリンを弾いていたし。しかし、そうなると今までの彼女の反応が納得できた。

櫂はカバンからノートを出し、『矢嶋啓太の代わり。君を誘った』と書いた。すると、萩尾沙絵は「わかる」、と唇を指した。

「ああ……。唇読めるんだ……」

櫂は安心した。しかし、久々の手話は外国語のように心許《こころもと》ない。

「その人は、君を誘った人は、来られなくなった。急用ができたんだ」

櫂はややゆっくりと言った。その瞬間、沙絵の顔がさっと曇った。一瞬、悲しい色がよぎったあと、すぐに「そう、ふうん」という感じで、納得している。

沙絵は踵《きびす》を返すと、自転車に乗って、帰ろうとした。櫂は沙絵の持っているバスケットに気がつく。

「あ……。それ、弁当、作って来たんじゃないの?」

櫂は手話つきで沙絵に言った。

「(手話できるの?)」

「ちょっとね。せっかくだから、それ、食べようよ」

沙絵は入場口のあたりに自転車を停めると、一緒に遊園地に入ってきた。

広場のベンチで、櫂は弁当を食べた。「(うまいよ、うまい)」と手話で伝えながら、パクパクと平らげていく。一方、沙絵のほうは、とりすまし、よそを見ている。

櫂は思わず、沙絵の横顔に見とれてしまった。仏頂面なのに、それも様になっている。

沙絵は足を組み、煙草に火をつけて、プハーッと吸い始めた。

「これ、時間かかったでしょ」

櫂が声をかけると、沙絵は面倒くさそうに手話で答えた。

「……え、お手伝いさんが作った。……あ、そう……。すごいね、お手伝いさん……」

櫂は口に出した。沙絵は手話で話し始めたが、櫂には早すぎてわからない。沙絵はゆっくりと、繰り返した。「(なわけないでしょ。ママが作った)」と沙絵は煙草を持ったまま、ぞんざいに手話をした。沙絵の手話は、授業で習ったり、真帆がしているのとは違って、力強く、怒っているようでもあった。

「(あ、そのタコウインナー大丈夫だった? 賞味期限切れてたんだよね)」

櫂はさすがに驚いて箸《はし》を置く。

「(あれ、今の手話もわかったんだ)」

「これでも、明青学院大学文学部心理学科の社会福祉心理学専攻だ。手話は必須《ひっす》科目だった」

「(……そう)」

「ボランティアで聾《ろう》学校に行ったこともある」

耀が得意気に言うと、沙絵はふとあいまいな笑顔を見せたが、次の瞬間、挑発的な表情に変わった。

「(ここに来たのも、ボランティア?)」

「ちがう。違うよ」

耀はタコウインナーをぱくっと口に入れた。


ふたりで遊園地の中を歩いた。

沙絵は急に振り返ると、耀の前に立ちはだかって、手話を始めた。

「(みんな。みんな一回ヤるまでは、それまではがんばるわけよ。耳が聞こえないことがわかるとふられちゃう)」

大げさな振りの手話を、耀は呆然《ぼうぜん》と見つめた。

「(だからー、みんなね、一回、ヤると――)」

耀は沙絵の手をさえぎる。

「ちゃんと、わかってるから」

ツンとして、先を歩き始めた沙絵の腕を櫂はつかんだ。

「思うに、ふられるのは、耳のせいじゃないと思うよ」

櫂はゆっくりと言った。

「思うに、ふられるのは耳のせいじゃないと——」

「(——ちゃんと、わかってるから)」

沙絵は櫂と同じセリフを手話で繰り返した。

「ねえ、余計なお世話かもしれないけど、耳よりその性格、なんとかした方がいいんじゃないかな」

櫂は真剣だった。

沙絵は櫂をぐっと見据えてきた。

次の瞬間、櫂はガンッと足を蹴《け》りあげられていた。

どんどん先を歩いて行く沙絵を見ながら、櫂は蹴られた足をさすった。なんちゅう女だ……。しかし、犬のようについていくしかなかった。

＊

それからも、彼女は、ものすごく綺《き》麗《れい》な顔で、ものすごい綺麗な指で、ものすごい綺麗な手話で、ものすごく……お下劣なことを言ってくるのだった。

それは、とてもとても言葉にできない。いわゆる放送禁止用語の連発。

24時間テレビのヒューマンスペシャルだったら、抗議が殺到だ。

関西弁ヤクザ風の手話、というのもありがたく教えていただいた。

手話にも方言があるらしい。

その日、僕の覚えた手話は「いてこましたろかいな」。

＊

沙絵の手話を真似ると、違う違うと沙絵が直す。櫂はいつの間にか笑顔になっていた。

ゲームコーナーでは、ふたりはモグラ叩《たた》きで競い合った。沙絵はかなりの負けず嫌いだった。沙絵がマシンゲームを始めると、周囲に人だかりができる。腕がいいこともあるけれど、彼女には人の目を惹《ひ》きつける空気があった。

ゲームコーナーに飽きたのか、沙絵はジェットコースターを見上げている。

「乗ろうよ、せっかく遊園地来たんだし。なんか乗ろうよ」

ジェットコースターに乗っている人たちの叫び声がウェーブのように盛り上がっては消えていく。櫂は列に並びながら、ワクワクしてきた。

順番が近づくにつれ、沙絵の表情から強さが消えた。

「(私、耳聞こえなくなってから、こういうの乗ったことないの。なんかこわくて……)」

沙絵はうつむいている。櫂はハッとした。沙絵の気持ちがすくんでいることに、まったく気がつかなかった。ついに列を詰める足が止まってしまった。係員がやってきて前に進むよう促す。櫂は、そのまま引き返そうと思った。が、その時、沙絵が顔をあげて、乗る、とジェットコースターを指した。

櫂は座席に、沙絵と並んで座った。

沙絵は前を向き、その覚悟を決めるように、うんと一度うなずいた。櫂は沙絵のけなげな横顔にドキンとした。出発前の興奮もあって、やたらとドキドキしてきた。

ジェットコースターがゆっくりと動き出す。沙絵はギュッと目を閉じている。が、傾斜をのぼっていくうちに、しっかりと目を開けた。

ジェットコースターは、風を切り、青い空を切り裂くように加速をつけていく。沙絵の顔はパアッと明るくなり、両手を挙げ、思いっきり叫んでいた。叫んでいるのに、唇が笑ってしまっている。不思議だった。沙絵ははしゃぐように叫んでいた。

一方、櫂は下を向いていた。本当は絶叫系の乗り物が苦手だったことに、乗ってから気がついたのだった。

沙絵がトントンと櫂の肩を叩く。叫んだらこわくなくなるよ、一緒に手を挙げて叫ぼうよ、と促す。櫂はぐっと首に力を入れ、顔をあげてみる。試しに、思いっきり手を伸ばして叫んでみた。櫂は思いきり笑っていた。

櫂も沙絵も、しまいにはお腹が痛くなるくらい、大笑いしていた。

ジェットコースターを降りても、沙絵は頰を紅潮させていた。そして矢継ぎ早に手話を繰り出してきた。

「（すっごい楽しかった。私、あなたに感謝する。もう、こういうの乗れないと思ってた。でも、ぜんぜん平気だね。たのしー。もともと好きなんだよね。富士急ハイランドのフジヤマも、よみうりランドのホワイトキャニオンも乗ったことあるの――）」

「待って待って。わかんない。そんな早くちゃわかんない……」

櫂は戸惑った。

「（あ……ゴメン――）」

すると係員が沙絵に写真を差し出してきた。沙絵は写真を見て、クスッと笑った。そこには、ふたりがやみくもに叫んでいる姿がしっかり写っている。

写真はキーホルダーにできるという。櫂は受付のカウンターに並んだ。沙絵と櫂の前には10組ほど、いる。順番が来るまで、なんとなく手持ちぶさたな時間ができた。

夕暮れが近づいて、太陽の光がオレンジ色に傾いていく。

「いつから聞こえないの？」

櫂はふとたずねていた。

「（……四年。まだ四年。でも、どうして？　どうして私が聞こえてたって思ったの？）」

沙絵はなんてことなく答えた。

「さっき、あれ乗る前に言ってたよ。耳がダメになってから乗ってないって。あと、初めて会った時、バイオリン弾いてたでしょ」

「(ああ、そうか……。耳、聞こえてた時はもっとうまかったのよ)」

「すげーと思ったけど」

本当の気持ちだった。沙絵は「ううん、ダメ」という感じで首を振った。

「(まだ、耳ダメになって四年でしょ、まだ慣れないの。こうして鳥見てると、自分がおかしいんじゃなくて、鳥がおかしいような気がするのよね。なんで、鳴かないの？　声、どこに置いてきたの？……なんてね)」

沙絵はさびしそうに微笑んでいる。

「(声置いてきたの、自分なのにね)」

沙絵は続けた。懼は心の中で手話を訳し、少し悲しくなった。

「(あっ、でもさっき、フリーフォールで声出してすっごい気持ち——)」

沙絵が顔を輝かせた時、懼の携帯の着信メロディが鳴った。懼は携帯画面を見た。啓太からだ。懼は沙絵に断って、少し離れた場所で電話に出た。

『いや、どうかと思って』

「何が？」

『何がって彼女。えっ、もしかしてお前、行ってくれてないの？』

「ちゃんと会ってるよ。それより、先輩とはうまく話できたのかよ」

『うん、ああ。これから飲みに行くって』

「そうか。あんま飲みすぎんじゃないぞ。醜態さらして内定取り消されたら、元も子もないからさ。じゃな」

啓太は、自分を心底情けなく思っていた。

沙絵は挙げていた手をぱたりと降ろした。ふと、心に不安がすべりこんでくる。夕闇が迫って、周りのカップルは楽しそうに話しているけれど、沙絵には隔絶された音の世界だった。

耀が戻ると、沙絵は椅子に座って、じーっとカラスを観察していた。

「どうした？」

「(いや、カラスって、どんな声だったかなーと思って)」

沙絵は真顔で答えた。

カラスの声……。耀は少し考えて、そこら辺にあったチラシに『カァカァ』と書いて沙絵に見せた。沙絵は筆記用具を取ると『まぁね』と書き添えた。やわらかい空気が流れている。耀がふとチラシを見ると、『花火、8時より打ち上げ開始』とあった。沙絵もそれを見て、「(いいね)」と笑った。

「あ……そうだ。今、啓太からだった、電話。啓太。君を誘った人。急用ができて、出先から、心配して電話してきたんだ」

耀が言うと、沙絵はだいたいわかっていたのか、動揺していない。

「君にごめんって」

　耀が伝えると、沙絵はううんと首を振った。

「(今日は、ありがとう。今日は、つき合ってくれて、どうもありがとう)」

　沙絵は真っ直ぐに耀を見て、笑った。沙絵のストレートな気持ちが伝わってきて、「こちらこそ」と耀も素直に返していた。

　その時、また、耀の携帯が鳴った。表示は「非通知設定」となっている。「ごめん……」と耀は立ち上がった。

「あ、なにか飲み物買って来るよ。そっちは、ここでキーホルダーの順番待ってて」

　電話はアルファ時計の人事部からで、次の面接の告知だった。いよいよ最終面接だという。待ちかねた報《しら》せに、耀はやったーと叫びたい気分だった。耀は大学の研究室にいる真帆に電話した。真帆も、一緒に喜んでくれた。

　耀は晴れやかな気持ちでコーヒースタンドに並んだ。店内は思ったよりも混んでいる。すると、空が薄暗くなり、大粒の雨が降ってきた。

　沙絵は、取り残されていた。「順番」のアナウンスが聞こえないので、どうすることもできない。オープンテラスにも大粒の雨が降ってきた。売店で傘を買おうにも、声を出せないので、なかなか買うことができない。いっこうに雨は止む気配がなく、沙絵は途方に暮れていた。そして、意を決すると、どしゃぶりの中を駆け出した。

櫂は何とか飲み物を買いこんで大急ぎで戻ったが、沙絵はいなかった。テーブルの上に27番の番号札が置いてある。

「33番の方!」と案内係が呼ぶ声がした。櫂はハッと思い当たる。呼ばれても、彼女には聞こえないのだ。

櫂は遊園地の中を走り回って、沙絵の姿を捜した。園内は広くて、見つかりようもない。櫂はなす術《すべ》もなく、携帯を見た。沙絵の番号にかけようとしてから、櫂は再び気がついた。彼女には聞こえない。携帯の声も、園内放送も。雨足はしだいに激しくなっていった。

その時、園内アナウンスが入った。

『ご来園のみなさまにお知らせです。8時から予定していた花火は、天候不良のため中止となりました。つきましては閉園時間が、30分ほど繰り上がります……』

もしかしたら……もしかしたら、沙絵は花火を見に行ったのかもしれない。櫂は花火の絶景ポイントへと急いだ。「お兄さん、今日、花火中止だよ」と案内係のおじさんがわざわざ教えてくれる。

「あ、でも、連れが来てるかもしれないと思って」

「だって、中止のアナウンス、何度も流れてるよ」

「いや、でも……聞こえない——」

櫂は小さな声で言いながら、最初に待ち合わせをした場所に戻ってみた。

「お兄さん、悪いけど、もう門閉めたいんだけどね。誰か待ってんの？　もう、中は誰もいないよ」

　櫂は、仕方なく遊園地を出た。

　自転車置き場には、沙絵の赤い自転車がそのまま置いてあった。

　沙絵は、パウダールームで雨に濡《ぬ》れた髪を乾かしていた。母のゆり子が無心にピアノを弾いている。モダンなリビングにグランドピアノが据えてある。

　沙絵はタオルで髪を拭《ふ》きながら、焦げ臭い匂いに気づき、慌ててコンロの火を消した。

「(お鍋《なべ》、かけっぱなし)」

　沙絵は注意した。

「あ……」

　ゆり子はやっと気づいて、無邪気な顔で笑っている。名の知れたピアニストで、明日リサイタルを控えている。

　ふたりは、食卓で、少し焦げたシチューを食べ始めた。

「あー、雨まだ降ってるわよ。いやねー。明日、お客さん入んないかな。あんたどうやって帰ってきたの？」

「(タクシー)」

「ああ……。自転車は？」

「(置いてきた)」

沙絵は、置いてきた自転車のことを考えた。それを見て、櫂はどう思っただろうか。もしかしたら、まだ……。

いても立ってもいられなくなり、沙絵はタクシーを拾って再び遊園地に向かった。


櫂は自転車の脇で膝《ひざ》を抱えて眠っていた。

遊園地の門は完全に閉まり、あたりはすっかり暗い。

水の滴る気配で、櫂は目を覚ます。寝ぼけ眼で仰ぎ見ると、ビニール傘から、水滴が落ちてきている。

「あ……やっぱりいた……」

櫂は沙絵を見つけると、子犬のような瞳《ひとみ》で、うれしそうに笑った。

「花火、中止だって――」

櫂が言いかけると、沙絵はふっと微笑んだ。そして、その屈託のない笑顔に、ご褒美のキスをしたのだった。

2

翌日、学内のベンチで、沙絵はバイオリンをケースに収め、パチンと蓋《ふた》を閉じていた。最後の手応《てごた》えに、一瞬、悲しい顔になった。沙絵は男子学生から封筒を受け取ると、引き替えにバイオリンを渡した。ケースには紅《あか》い花がペイントされている。男子学生はケースを受け取り、意気揚々と行ってしまった。

沙絵はさびしそうにバイオリンに手を振った。

「こんにちは！　萩尾沙絵さん!!」

沙絵の前に、真帆が満面の笑みでやってきた。

「手話サークルの者です。堺田教授から言われて来ました。これからあなたをサポートするからよろしくね」

真帆のテンションの高さに沙絵は引いていた。頼んだ覚えのないサポートを突きつけられ、怪訝《けげん》な顔になってしまう。

櫂は啓太に昨日の一件を報告しながら、学内を歩いていた。もちろん、キスのことはのぞいて、だ。

「あらっ、櫂くーん!!」

真帆の元気な声がする。櫂はふっと顔をあげ、一瞬、わけがわからなくなった。

真帆の隣に、萩尾沙絵が立っている。

「ねえ、きのう電話したんだよ。なんで電話くれなかったの？」

真帆が甘ったるい声で言う。その様子から、沙絵は何かピンときたように櫂を見ている。

「あ、いや……ごめん……寝ちゃって……」

櫂は沙絵の視線にたじろぎながら、言いよどんでいた。沙絵は余裕の笑顔で櫂に「(おはよう)」と手話で挨拶《あいさつ》した。

「あ……。やあ、おはよう」

櫂は、いたずらっ子のような沙絵の視線につかまってしまった。思わず昨夜のキスがよみがえって、櫂の方から目を逸《そ》らした。

「あれっ。どういう知り合い？」

真帆がたずねた。

「いや、まあ、ちょっとした知り合い……」

「あ、私、今度、この人の学園生活をサポートすることになったの。……あ、そろそろ文化人類学の授業が始まるわ。遅れちゃ大変。行きましょう」

真帆は沙絵をうながし、校舎へと立ち去った。

「あーっ、びびったあー……」

櫂は緊張から解放され、胸を撫《な》で下ろした。

「え……？　なんでびびるの？　何でびびるのよぉ」

啓太はくねくねしながら、櫂をつつく。

「え……。あ……。は……？　なんで、オカマなの、お前？」

櫂がごまかしていると、後ろからドンと人がぶつかってきた。えっ……と思う間もなく、沙絵は櫂の腕をつかんで、お守りを差し出した。

「（これ、あなたのでしょ？　昨日、拾ったの。あの人にもらったの？）」

「いや、まあ……」

言いよどむ櫂を、沙絵はニヤニヤ笑いを浮かべて見ている。

「（大丈夫。キスのことは言わないから）」

沙絵は両手でキツネの形を作り、先をチュッとくっつけた。

「（キスのことは言わないから）」

沙絵はもう一度、大げさに「キス」の手話を櫂に突きつけた。

「あのさあ……。あれはさあ、君が勝手にしたわけでしょ」

櫂は慌てた。手話で返すと、沙絵は口をへの字に結んで、ムッとした目でにらんでいる。くるくるとよく表情が変わる。見ていて飽きないが、場合によっては爆弾だ。

「人の寝込みを襲うような真似……。いや、何でもない――」

櫂はぼそぼそとひとりごちた。沙絵は、何よおっ、とふくれっ面をしている。

「あのー、お取り込み中、すみません。ちょっと、謝らせてもらっていいでしょうか？　俺、デートすっぽかした――」

啓太がぬうっと間に入ってきた。

「ああ。彼が矢嶋啓太、もともと君をデートに誘った人。行けなかったことを謝りたいって」

櫂が紹介すると、啓太は「ごめんね……」と頭を下げた。

沙絵はツンとあごを反らし、女王様のごとく啓太を見下ろしていたが、すぐさま激しい調子で手話を繰り出し、最後に櫂に「（訳して）」とうながした。

「……訳してと言ってるので訳しますと、このイクジナシ、ボンクラ、男として最低……役立たず……。あの、もっといろいろ言ってるけど、まだ聞きたい？」

「こわいから、もういいです……」

啓太は弱々しくつぶやいた。沙絵はパッと口元をほころばせて笑った。

「（うそよ。気にしなくていいよ。若いの！）」

啓太の肩をポンポンっと叩《たた》くと、沙絵は豪快な足取りで去っていった。

「……なんか、思ってたのと違うんだけど――」

啓太は呆気《あっけ》にとられ、沙絵の後ろ姿を見ている。

「俺はなんつーか、薄幸の美少女の……、アルプスの少女ハイジに出てくる、クララみたいなの思ってたんだけど……」

「……あんまり思わない方がいいよ。彼女に関しては。なんていうか、想像の範疇《はんちゅう》を超えてるから」

耀は焦り、啓太は妄想がしぼみ、それぞれの思いに耽《ふけ》っていた。

その日の午後、耀は堺田教授に呼ばれて、研究室を訪ねた。部屋には真帆がいた。

「なんか、ちょっと変わった子で、心開いてくれないって言うか……聴導犬の話もしてみたんですけどね……今ひとつ、なんか……」

真帆は言った。どうやら、沙絵のことを持てあましているらしかった。

「聴導犬？」

耀は耳を疑った。

「ええ。この夏に訓練が終わった犬が一頭いるんですって」

真帆は素晴らしくいいことのように言った。

「それ……たぶん……違うような……」

耀は顔を曇らせた。

「で、どうでしょうね？　耀くん。真帆くんは君に協力してほしいということなんだ」

堺田教授が言った。

「えっ……えっ、えええええっ？」

「知らない仲でもないらしいし。どうだね？」

「ふたりでいるとこ、たまに顔出してくれたらいいのよ」

真帆が曇りのない笑顔で言うので、櫂はぬるい調子ながらもうなずくしかなかった。

「(なんで私が犬ひっぱって歩かなきゃいけないのよ。私は、西郷隆盛じゃない!)」

沙絵は学食のテーブルで、友人の小沢茜《おざわあかね》を相手に愚痴っていた。

「(さいごーたかもり……?)」

茜は沙絵に聞き返した。おっとりとした手話だ。

「(ほら、上野で犬ひっぱって立ってる——)」

「ああ……」

茜はクックッと笑い出した。沙絵はウケてうれしいものの、そんな場合じゃないとすぐさま真顔に戻った。

「(……なんか、真面目そうな人なのよね。根本的に合わない気がする——)」

その時、櫂がやってきて、沙絵の前にどかっと座った。

「(何? 何、そこ座ってんの?)」

沙絵は不機嫌そう。

「ちょっと用がある」

「(誰に?)」

「あんたしかいないだろ。俺、この人知らないし」

燿は茜を見た。

「あ、初めまして……ですね。こんにちは、俺、結城燿です。文学部心理学科四年」

燿はさわやかに挨拶した。

「あ、初めまして。私、小沢茜です。私も四年。専攻は日本文学」

「あれ？　だったら必須《ひっす》科目重なってってもいいよね。月曜の言語学概論とか取ってる？」

「あ、饗庭《あいば》先生の。私、あれは、火曜の4限に取ってるの」

ふたりがサクサクと話を始めてしまい、沙絵はまったく面白くない。ツーンととりすまして割って入る。

「(ほらほら、そんな話したいなら、こんなとこでくっちゃべってないで、さっさと新宿《しんじゅく》御苑《ぎょえん》か代々木《よよぎ》公園かディズニーランドでも行ってよ)」

「あ、お姫さまがご機嫌ナナメだ」

燿が面白そうにつついた。

「(誰が姫よ?!)」

沙絵はつっかかった。

「で、姫は名前考えた？　聴導犬の——」

燿がからかうと、沙絵は怒ってテーブルを叩いた。コーヒーがカップからこぼれそうになる。茜はうわっと身体をひいた。

「(んなこと言ってると、あんたに聴導犬やってもらうわよ)」

「……あなたが私の聴導犬になってよ、と言ってます」

茜が申し訳なさそうに、耀に伝えた。

「あ……。手話、わかりますから――」

耀はやれやれ……とため息をついた。思った通りだった。昨日、半日一緒にいただけだったが、耀にはなんとなく、沙絵の気持ちの風向きみたいなものが、伝わってくるのだった。

沙絵は赤い自転車に乗って、涼やかな顔で帰っていった。

耀はそれを見送ってから、茜をカフェに誘った。これまでの沙絵のことを聞きたかったのだ。

「彼女はね、業界では名の知れた人だったの。高校の時、コンクールで入賞して注目されて、私と知り合った頃は、YTC交響楽団で弾いてたわ。すごいとこよ。沙絵、最年少だったんじゃないかな」

茜はにこやかに語り始めた。

「君もそこにいたの？」

「あ……私、まさか。ただ高校が一緒だっただけ。この大学の付属高。私は沙絵みたいな才能、なんにもないの。沙絵、バイオリンだけじゃなくて、ピアノもすごくうまかったのよ。お母さん、萩尾ゆり子ってピアニスト、たまにテレビとかも出てる。知らない？」

「あ。そういうの、うとくて……」

「ま……とにかく、沙絵はY響の中でも群を抜いてたの。ソロ取ってたわ。私、よく聞きに行ったけど、すごかったのよ。沙絵、あのルックスでしょ、かっこよくってね。ファンもいっぱいいたわ」

茜は自分のことのように、うれしそうに言う。人を和ませるような、やわらかな微笑みが浮かんでいる。櫂は、沙絵が茜のことを信頼しているのが、納得できた。

「その頃から、性格はあのまま?」

「ああ、あれはあのまま。すごいかわいい顔ですごいこと言ってた」

「ふうん……生まれつきだ」

ふたりは顔を見合わせて、笑った。

「それでね、その才能を、あのアンネ＝ゾフィ・ムターに認められて、高校三年の時にはね、ニューヨークのジュリアーノ音楽院に留学したの。そこでもうまくやってたわ。あの子、どこ行っても中心になるの。大きなバラの花みたいに」

「刺《とげ》もそうとう痛そうだけどね」

櫂が言うと、茜はクスッと笑った。

「ニューヨークに、私、遊びに行ったの。……その年の夏にね、遊びに行ったらバイオリン弾いてくれたの。上手だった。そしたら、弾き終わってね。妙なこと言うのよ。弦がおかしいわ。低音が出ないって……。聞こえないでしょ?　って。聞こえてるの、ちゃんと出てるの。ちょっとうるさいくらいだったの。それからどんどん……どんどん聞こえなくなって。……ちょっと、かわいそうだったわ」

茜はつらそうにうつむくと、気丈に涙をこらえている。

「病気なの？」

「うん……」

「治らないの？」

「今のところは……。いろいろ病院行ったみたいだけど……。結局、こっちに戻ってきて、しばらく休んでて……。で、精神的にも肉体的にも回復して、今年から復帰したのよ。ほんと、何でもできて。綺麗《きれい》で。バイオリン上手で。キラキラしてて。私にとっては、今も、お姫さまよ。それに、あの子、ホントはすごくいい子なの……」

茜の目には涙が浮かんでいる。

「わかるよ――」

燿は言った。

茜は、ごめん……と涙をぬぐった。

「私、あなたが弾ける場所を見つけたのよ――」

真帆は沙絵の前にバイオリンを差し出した。一見して粗末な作りの上に、傷みがはげしい。真帆のいとこから借りてきたという。沙絵はけわしい目を向けているが、真帆はまったく気がついていない。

沙絵は少しは高音が聞こえるので、バイオリンを構えて、高音を出してみたが、あまりのひどい音に顔をしかめた。


沙絵は真帆に促されるまま、バイオリンを持って、区民会館に向かった。エントランスのボードには『みんなでやってみよう、クラシックの会・定期練習会』と書かれてあった。沙絵は真帆と別れて、会の練習に加わったが、それは素人同然の集まりだった。沙絵は初めのうち、適当に流していたが、どんどん脱落していく。かまわず沙絵は最後まで弾き終えると、すっくと立ち上がった。

「(あんたらなんかとやってらんないわよ！　このヘタクソ!!)」

沙絵は思いっきり激しい手振りで、怒りをぶちまけた。

櫂はちょうどそこに入って来て、慌てて取りなしに入った。

「あ――。私、耳が聞こえなくて合わせられなくてごめんなさい、って言ってます」

頭を下げる櫂を、沙絵は思いっきり突き飛ばし、部屋から飛び出して行った。

櫂は後を追った。沙絵は小さな部屋に飛び込んだ。続いて櫂もそこに入った。ほこりっぽい、真っ暗な部屋の中で、沙絵は息をついていた。廊下の明かりがうっすらと差し込んでいる。櫂が小さな電灯をパチンと点《つ》けた。

「ごめん。真帆がいろいろ君のことわかってなくて……」

櫂が謝ると、沙絵は静かに首を振った。

「(そんなこと、どうでもいい。そういう問題じゃないの――)」

「そういう問題じゃない……?」

櫂は声に出して、繰り返した。

すると、沙絵の瞳《ひとみ》が悲しげにはじけ、両手で思い切り櫂の身体を突き飛ばした。

「(やめてよ! そうやって、人が手話するとすぐ言葉に変えて、喋《しゃべ》る言葉に変えて、みんなの言葉に変えて、喋るのやめてよ!! お前は喋れない、お前は聞こえないっていちいち、言われてる気がするのよ!!)」

沙絵の怒りを前に、櫂はなす術《すべ》もない。沙絵は気を取り直し、ごめんと謝った。

「(私は……、そこの電気消したら、ここが真っ暗になったらもうお喋りもできないのよ)」

突然、沙絵の瞳から、ぽろぽろと大粒の涙がこぼれ始めた。

「(なんで……。なんで……私なのよ)」

沙絵は嗚咽《おえつ》も漏らさず、泣いている。

「(……なんで私なのよ、なんでこの耳がダメになるの? 私よりどうでもいいの、いっぱいいるじゃない……。電車乗ってても、渋谷歩いてても、ガッコウ行っても、バイオリン弾いても、私よりどうでもいいやつ、いっぱいいるじゃない!!)」

沙絵の手の激しく擦れ合う音が、静かな部屋に響く。

「(私はこんなひどいバイオリンで、こんなとこで弾く私じゃないのよ。もっと、光の当たる場所にいたのよ……)」

燿はただ気圧《けお》されて、沙絵を見つめた。

「(……やなこと言ってるね。ヤナ女と思ってるでしょ)」

燿は静かに首を振った。

「——できるなら、代わってやりたいよ」

「(……あんた、バッカじゃない?)」

沙絵はつっかかった。

「あのバイオリン聞いたら、誰でもそう思う。君に……初めて会った時の、あのバイオリン」

燿の言葉に、沙絵はかなしそうに首を振った。

「……戻ろうよ」

燿は言った。

「君が言う、光の射す方へ戻ろう。そしてそこで弾くんだ」

「(……そんなの、無理だよ)」

沙絵は自信なさそうにうつむいた。

「どうして……?　やってみた?」

沙絵は首を振っている。

「やってみようよ。価値はあるんじゃない――」

櫂は沙絵を見つめた。沙絵は小さく震えながらも、気丈に櫂を見つめ返した。

櫂は、本当は、その部屋の電気を消して、そしたらお喋りもできなくなると言った沙絵を、ただ抱きしめてやりたかった。

でも、できなかった――。

そしてそれは、その気持ちは、恋とかいうのとは違うと思っていた。


翌日、櫂は朝早くから啓太と翔平につき合ってもらって、東都大学の正門前にいた。沙絵のバイオリンを買ったという学生から、買い戻すためだ。

『私、萩尾沙絵からナポリのガリアーノラベルを購入された方、こちらまでご一報を!!』

沙絵の写真を貼り付けた看板を立てながら、櫂たちは行き交う学生にアピールする。学生たちの一群が来ると、すかさず啓太と翔平が看板をかついで移動する。学生たちはからかうようにチラリと見たり、笑ったりしながら行き過ぎていく。

昼時になっても、目指す相手は見つからない。アテのない大仕事になりそうで、啓太と翔平はため息をついて座り込んだ。櫂はマクドナルドで食料を調達して、二人をねぎらう。

「でもさ、こんなんでホントに見つかんの？　バイオリン買ったやつ。なんで、名前とか連絡先聞いてないの？　沙絵ちゃん」

啓太が首を傾げる。

「名前とか聞いたけど忘れちゃったらしい」

擢が笑いながら言うと、「あの子らしいな」と啓太も愉快そうに笑った。

「申し訳ない。おごるからさ」

擢が詫《わ》びると、横から翔平がつついた。

「いいよ、つきあうよ、お前の恋なんだろ」

「……そんなんじゃないよ」

「いいよ、照れんなよ。コイだよコイ。ニシキゴイもびっくりっつーくらいのコイだね」

「だからコイじゃねーってば！」

「どっちでもいいじゃない。バイオリンだよバイオリン」

啓太が割って入って空気を変えた。

夕方になり、その日最後の授業が終わったらしく、人がいっぱい出てきたが、成果の方はさっぱりだった。擢は門の前を二人にまかせて、クラシックサークルの部屋を片っ端からのぞいてみることにした。

啓太と翔平は疲れを感じて、看板の前に腰をかがめて座っていた。二人の前を女子学生が通り過ぎて行く。ミニスカートでイケてる女の子が通ると、翔平の目が輝いた。

「ナンパ、禁止だからな」

啓太は釘《くぎ》を刺した。

「わかってるよ。ああ、なんかもう、朝から立ってて足パンパン」

翔平はふっと立ち上がった。

「腕痛くない？　こう、看板持つからさー」

「んー、付け根に来るよな。あ、これ、声も来るかもな。すみませーん、明青学院の萩尾沙絵さんから……」

翔平は声をかすれさせ、啓太はちょっと笑った。夕方のぬるい空気が流れていく。

「あ、俺、思い出した――」

翔平が言った。

「前もこういうのあったと思ったら、あれだよ、交通量調査」

「ああ、やったやった。人通るとカウンター押すのな」

「渋谷の宮益坂《みやますざか》で一緒にやったよな。櫂がマジメでな、あんなの適当に押しときゃいいんだよ」

「いやいや、まずいよ。それ」

啓太は苦笑しながら、「でもさ、こんなことできるの最後かもな」と付け足した。

「平日の昼日中からさ、バイオリン買った人いませんかーなんて大声出して、外でハンバーガー食ってさ。今だからいいけど、三十過ぎて背広着て、サラリーマンだったらお前、こんなとこでこんなことやってたらヤバイよ」

「ああ、確かに」

「学生だからサマになるけど」

「サマにはなってないだろ」

「わかんないよー。あの正門のとこに立ってる人たち、イケメンよね、なんつってさ」

啓太は軽く想像してにやけている。

「お前さ、田舎帰んないの？」

翔平がたずねた。

「え、夏？」

「違うよ、卒業したら。家業継ぐのかと思ったよ。結婚式場」

「んー……。こっちで一応、就職も決まったしな。お前は？　何か考えてる？」

「うん……。ちょっとな……」

「へえ、何なに——」

啓太が身を乗り出したその時、めがねをかけたサエない男子学生が、声をかけてきた。

「……萩尾沙絵さんって、あの萩尾沙絵さんですよね？」

「あ、そこに写真」

「私、買いましたけど、バイオリン、ナポリのガリアーノラベル」

啓太と翔平はうれしそうに顔を見合わせた。

「いやーっ、お待ちしてましたー！」

啓太は男子学生の手を取って熱い握手。翔平ももう片方を取って熱い握手。男子学生はぶんぶんと腕を取られるまま、戸惑っている。

「いやーっ、君に会うために、僕らは生まれてきた、と言ってもいいくらいだ。な?」

翔平に言われて、男子学生はさっぱり事態がのみこめないようだった。

その頃、櫂はクラシックサークルを10カ所以上回っていた。

「東都シンフォニー、ショパン愛好会、イーストカレッジオーケストラ。残るは……」

リストをチェックしていると、携帯が鳴った。

「えっ、ウソ! マジ!! 見つかったの?!」

櫂は顔をほころばせた。

翌日、大学の中庭で、紅《あか》い花がペイントされたバイオリンケースを、沙絵は神妙な面もちで受け取った。

「わりと大変だったんだ。譲った人探すの」

笑顔の櫂を、沙絵はけなげな顔で見つめている。

「あの……、こいつら三日、東都大学通ったんだ。1限始まる朝の9時から、5限終わる夕方の6時まで」

「(……あなたも?)」

「まあ……。だから、こいつらに一言、お礼言って欲しいんだ」

櫂の後ろにいる啓太と翔平は、いや、俺らは別に……ともじもじしている。

「こいつらも、三日がんばってやっと捜し当てて、あんたの喜ぶ顔見たいって言うからさ」

櫂は沙絵をかたわらにサササッと連れて行くと、手話をした。

「(お願いだ。勝手なことすんじゃないわよ、とか言って、バイオリン投げつけたりするのだけは、今は勘弁して)」

「なに、手話、ひそひそやってんの?」

啓太が言った。

「いやいや。まあ、君が素直にお礼言う人とはとても思えない……」

沙絵は二人の前に出ると、真面目な顔になり、何か訴えかけるような表情をしている。

沙絵は櫂を振り返った。

「(手話でいいかな)」

「もちろん」

「(ア、リ、ガ、ト、ウ)」

沙絵は指文字を一語ずつ丁寧に示し、二人にペコリと頭を下げた。下げたまま動かない。

啓太と翔平はちょっと圧倒され、言葉もない。ややあって、啓太が口を開いた。

「あ、そんな。頭上げてよ。あ、聞こえないか——」

翔平はスッと沙絵の前に進み出て、「もう、いいよ」とやさしく肩を叩《たた》いた。翔平は沙絵の肩が震えてることに気がついた。泣いている……。

沙絵は顔を上げた。頬に流れている涙を指でぬぐって、鼻をズズッと豪快にすすりあげた。そして、三人の前でニッコリ笑うと、大事そうにバイオリンを抱きしめた。

櫂は感動していた。バイオリンは彼女にとって、それほど大事なものだった。沙絵は音楽をあきらめてなんかいなかったのだ。

「なんで……？　私のやり方がいけないの？」

真帆が言った。車の中で、櫂は沙絵のことで話し合っている。

「障害を持った人にも場所を与えてあげる、そういうふうに学んで来たわ」

「あいつは……彼女はそうじゃないんだ」

「どういう意味？」

真帆は「あいつ」という呼び方にカチンときている。

「彼女はサラブレッドなんだ。障害を売り物にするような人じゃない」

「あの子はそんなに特別なの？」

「人から与えられた場所で喜ぶようなやつじゃないんだ。自分で切り開く」

「……よくわかるんだね。彼女のこと」

つっかかるような真帆の言葉に、櫂は話がめんどくさい方向に行っていると感じた。

「なんで、そんなにあの子の肩持つの？　好きなの？」

「……本気で言ってんの？　俺が好きなのは、真帆だけだよ」

　櫂はやれやれと思いながらも、本気で告げていた。

「ホントにいいのかな。お言葉に甘えてごちそうになっちゃって」

　啓太が言う。

「（まかせて）」

　沙絵は微笑んだ。バイオリンのお礼に、飲み会を開いている。

「今、櫂も来るから――。あ、わかる？」

　啓太がたずねると、沙絵は自分の唇をさした。

「あ、唇ね。唇読めるんだ。かわいいね、今日」

　啓太は言ってみた。沙絵は構わず、脇にいる茜を手話で紹介し始めたが、啓太は手話がわからない。

「あ、私を紹介するって……」

　茜が説明した。

「まあ、座ろうよ。自己紹介は後から。たっぷり時間あるし」

　翔平が言って、茜の前に座った。

　茜がチラリと翔平のほうを見ると、翔平はやや濃い目線を茜の方に送ってきた。茜は思わず目を逸《そ》らした。なんとなく場に気まずい空気が流れている。

その時、櫂がやって来た。沙絵は、ちょっとはにかんだように、さりげなくワンピースの襟元をなおした。

「かわいい！　もうかわいいっ。茜ちゃん好き!!」

啓太はすっかり酔っぱらっていた。茜はからまれて困っている。

「あ……ほうれん草のサラダ、食べる？」

茜は大人な感じであしらった。

「食べるっ。茜ちゃんが取ってくれるなら、何でも食べちゃう。テーブルだって食べちゃう」

「ごめんね、オヤジで……」

翔平が茜に詫《わ》びた。

その傍らでは、沙絵と櫂が話し込んでいた。

「――もうないの？」

「(そう、もうないの)」

「もうないって、使っちゃったってこと？」

「(使っちゃったってこと)」

「でも、あのえらく高いバイオリン、東都大の人に10万で売ったんだろ？　10万、使っちゃったの？」

「（……ごめんなさい。プラダのバッグ買っちゃったの）」

「お前は、援交する女子高生か……」

「（何？）」

「いや、何でもない……」

「（あ、そうこれだよ、これ、プラダ、かわいいでしょ）」

沙絵はバッグを見せた。

「かわいいよ、かわいいけど……。どうすんだよ、俺、たて替えたんだよ。今月の生活費」

「（払うから、ちゃんと。ママに借りるか、分割で）」

「できたらママに借りて！」

「（わかったわよ、ケチ！）」

「ケチだとー?!」

「（……冗談よ）」

櫂は沙絵のペースにやられっぱなしだった。


「かわいい、か……。でも、あの人に言われてもなあ……」

茜はトイレの鏡を見てひとりごちていた。席に戻ろうと廊下を歩いていると、階段でキスしてる2ショット。茜は見ないふりして行こうとするが、男はなんと翔平だった。

「ねえ、今日これから空いてるんでしょ？」

ケバイ女が言った。

「ごめん、連れいるんだ。この子――」

翔平は通りかかった茜の肩を抱いた。

「へえ～。こういうの、好きなんだ……。ま、いいや。じゃ、さっきのとこに電話ちょうだいね」

女は去っていった。茜は翔平の腕を振りほどいて、行こうとした。

「待ってよ。怒った？」

「別に……。誰、今の？」

「さあ。行きずり。でも君の方がかわいいよ。ねえ、ふたりでばっくれない？」

翔平は茜を見つめて、サラッと言う。

「……ばっくれない」

茜は目を見て言い返した。

翔平は動じることなく、メモに携帯の番号を書き付けた。

「これ、俺の携帯。いつでも電話して」

茜は受け取ったが、通り過ぎるウエイターに「これ、ゴミです」と渡して立ち去った。

翔平はやるねといった顔で、ヒュウッと口笛をふいた。

啓太は酔っぱらった挙げ句、ぐうぐう寝こけていた。

「だからさ、ウチの大学の中でサークルあたってみようよ。クラシックの。俺、東都大学行って思ったんだ。アマチュアでも相当すごい……」

耀が手話を交えて話していると、沙絵がふいに手を押さえた。

「(うわさしてる)」

「うわさ……?」

「(あっちのテーブル)」

「……なんで?　わかるの?」

「(唇、読める)」

「ああ……」

「(あいつら、うちの学校のやつらよ)」

「何て言ってるの?」

「(よりによって、あんな女とつきあうかな。耳、聞こえないんだろ。物好きだよなー。よっぽどあっちの方がいいんだな。よっぽどあの男も困ってんだな、なんてそんなとこかな)」

沙絵は傷ついているのに、しれっと言う。耀はたまらなくなり、いきりたつと、男たちのテーブルの方に歩いて行く。沙絵は止めようとするが、声は出ないし、啓太は寝ている。

「お前ら、もう一度言ってみろ」

耀はすごんだ。

「ああ？　何だよ、こいつ……いきなり」

チンピラ風の男がすごみ返した。

「もう一度、ここで言ってみろっつーんだよ!!」

耀は男をいきなり殴りつけた。

「イッテ……。何すんだ、こいつ!!」

「自分がもてねーからって、下品なこと言ってんじゃねーよ!!」

耀は男をもう一発殴り、男の方も耀につかみかかり、もみくちゃになっている。

沙絵は啓太を揺り起こした。

「（やめさせて!!　やめさせて!!　耀くんが大変。勘違い!!）」

手話で言うが、啓太は寝ぼけていて状況がわからない。

「（もうっ。このうすらトンカチ!!）」

その時、茜が戻ってきた。

「どうしたの？」

茜は沙絵から事情を聞き出した。

続いて戻った翔平が乱闘中の耀に気がつき、止めに走った。

「やめろ、やめろ!!　なにやってんだよ、耀!!」

「――あ、違うんだって!!」

茜が大声を出した。

「耀くん！　違う。人が違う。このテーブルじゃなくてこっちのテーブル!!」

茜は隣のテーブルを指した。

「え……?!」

ガードが甘くなった瞬間、耀は相手のパンチを食らって、倒れた。

「……誰もいねーじゃん」

耀は倒れながらつぶやいた。

「もう逃げちゃったのよ……」

茜が言った。

沙絵は「（ごめんなさい！）」と巻きこまれてしまった人たちに頭を下げた。

「ほんと、すみませんでした!!」

啓太と翔平も、一緒に頭を下げた。


「私たち、帰って来てよかったのかなあ。終電なくなるからなんて……」

茜がぼそっと言った。電車の中、沙絵と並んで座っている。耀たち男子チームは、店に残って乱闘の後始末をしている。

茜と沙絵は、前を向いたまま、それぞれに思いを馳《は》せていた。

「（私、やっぱりもう一回戻る。心配……）」

沙絵は急に立ち上がった。

「耀くん？」

沙絵はこくりとうなずいた。

「一緒に戻ろうか？」

「（ううん。ひとりで平気——）」

沙絵は次の駅で電車を降りた。


沙絵は息を切らしながら、店に戻った。入口で息を整えていると、扉が開いて、真帆が出て来た。沙絵はとっさに身を隠した。

真帆のあとに続いて、耀が出て来た。店の前の道路に真帆の車が駐車してある。そこに向かって歩いていくふたりを、沙絵はものかげから見ていた。

真帆と耀はなにごとか喋《しゃべ》っている。沙絵はその唇を読んだ。

「ほんとにあなた、昔からかわいそうな人、ほっとけないんだから——」

真帆が言った。耀は申し訳なさそうにしているが、その笑顔はくつろいでいる。

『ほんとにあなた、昔からかわいそうな人、ほっとけないんだから……』

沙絵は心でそっと、真帆の言葉を繰り返し、静かに傷ついていった。

「いいって言ったのに。啓太が呼び出したりしてゴメン」

耀は詫《わ》びながら、真帆の車に乗りこもうとしている。

「ううん。どうして。かまわないわよ」

真帆は燿の怪我した頬を触った。

『私に心配かけないで……』

『ごめん』

沙絵は唇を読みとる。真帆を見つめる燿の目は沙絵に気づくはずもない。

真帆は燿に抱きついた。

『ふたり、抱き合って、キスを……。キスはしないか……』と沙絵は思う。

「あらっ、沙絵さん。どうしたの？」

真帆が沙絵に気づいて、声をあげた。

「あれ、どうしたの？」

燿が無邪気な笑顔でたずねた。

「（……あの、バッグ。プラダのバッグ忘れて――）」

沙絵は焦るあまり、とっさに下手なうそをついていた。

3

「え、持ってんじゃん——」

　耀が沙絵の手の中のバッグを指した。沙絵は言い訳の言葉が見つからず、立ちつくした。

三人で気まずく見合っていると、翔平が店から出てきた。

「あれ、どうしたの？」

　翔平が沙絵にたずねた。

「（あ……あの、お財布！　お財布忘れて）」

「財布……忘れたって」

　真帆が言葉におきかえると、翔平は思い当たるような顔になった。

「財布。中にあるよ。忘れ物で財布あったって店の人言ってた」

　翔平の機転に、沙絵は言葉もない。

「俺、送ってくよ」

　翔平が言うと、「ほんと？」と耀は言った。

「安心して。早く帰って休んだ方がいいよ。怪我してんだから」

「悪いな」

耀は真帆と連れ立って歩き出した。途中、耀はふと沙絵の方を見たが、沙絵はとっさに目を逸《そ》らしてしまう。耀は自然に真帆の車に乗り込んでいく。沙絵は取り残された気持ちで、ふたりを見送った。その横顔を翔平が見ていた。

「……さて、俺らも行こうか。財布はその中でしょ？」

翔平は沙絵のバッグを指した。

「適当に口裏合わせたんだよ。その方がいいのかと思って」

「…………」

「耀のとこに戻って来たんでしょ？」

「（あ、違うの。違うよ、ただ、私のせいで怪我したんだからちょっと心配で……）」

沙絵は手話で言いかけてから、翔平には通じないのだと気づいた。筆記用具を出して、書こうとしたが、翔平がやさしく押しとどめた。

「いい、いい。だいたい、わかる。言わんとすることはわかるから」

翔平は微笑んだ。

「行こう。電車、なくなる。駅まで送るよ」

夜の街を沙絵と翔平は歩いていく。少し遅れて翔平のあとを沙絵は歩いた。

「寒くない？」

翔平が上着を脱いだが、沙絵は平気と仕種《しぐさ》で押しとどめた。

「……今の手話？」

「（ううん。違う）」

「平気ってどうやるの？　手話」

沙絵はやって見せた。翔平は、へえ……と感心しながら真似ている。沙絵は手を取って正しいやり方を導いた。翔平は「平気」とやってみせた。沙絵はうなずき、笑顔になった。

翔平も照れたように笑った。

沙絵はチョンチョンと翔平の腕をつついた。

「（一つ、聞きたいことがある――）」

「――？」

沙絵はバッグからメモ用紙とボールペンを出して、『一つ、聞きたいことがある』と書いた。

「何？」

『あのふたりは、いつからつきあってるの？』

沙絵は書いた。

「あのふたりって、櫂と真帆さん？」

沙絵はうなずいた。

翔平はペンを取って書き付けた。

『もう三年かな』

沙絵はそれを見て、悲しげに瞳《ひとみ》を揺らした。

「めずらしいね。ケンカなんてしたことないじゃない」

真帆が車を運転しながら言った。

「気をつけてね。就職決まりかけてるんだから」

真帆はやんわりと釘《くぎ》を刺した。


地下鉄のホームのベンチに座り、電車を待ちながら、沙絵は上着のポケットからふと筆談の紙を取り、ながめていた。

『もう三年かな』……三年か、と沙絵はあらためて思う。

その時、電車が来たことを告げる警告音が鳴った。沙絵は傍らの人が立ち上がる気配で気がついた。メモをクシャッと握りつぶし、沙絵は立ち上がった。


翌日、大学の大教室の机で、啓太が何やら熱心に書いていた。翔平がやってきて、「何書いてんの?」と素早く紙を奪った。

「あ、やめて……!」

「何なに……。君が取ってくれたほうれん草のサラダ、あの味が忘れられません……。ええっ? 今度は誰? 有機栽培とかしてる人?」

翔平のからかいに、啓太は顔を赤らめて紙を取り返した。

「違うよ。茜ちゃんだよ。おざわあかねちゃん」

「誰それ？」

「ほら、沙絵ちゃんの友だちの」

「ああ……あの、のぼっとした……」

「かわいくてやさしくて、女神様みたいだった……」

啓太はうっとりしている。

「……ほうれん草取り分けてもらっただけじゃん」

「お前にはわかんないよ。そんなささいなことから始まるんだよ。恋は」

「いつ？　いつ始まったことがあったの？　お前の恋が？」

「これからだよ。これから始まるんだよ」

啓太は憮然《ぶぜん》と手紙の続きを書き始めた。いたって本気らしい。


うーっやれやれと思いながら、沙絵は大学前のスロープを自転車でのぼっていた。のぼりきったところで、櫂がにこにこ顔で待っていた。生まれたての太陽みたいなその笑顔に脱力しながら、沙絵はスタスタとそのまま櫂を素通りして行く。

「待ってよ。お早う！」

櫂はまばゆいばかりの笑顔で追ってくる。

「（あのさ。朝からそのラジオ体操のお兄さんみたいなテンションやめてくんない？　私、低血圧なのよね。見てるだけで疲れるから)」

「いい知らせなんだ!」

櫂は沙絵の正面に手話が見えるように回り込んで、まるで動じていない。

「(……煙草一本くれない?)」

沙絵は話を聞くことにした。

「煙草……煙草、あったかな……。いや、そんなことはいいんだ。まずいい知らせを!」

「(いったい、何?)」

その時、登校して来た真帆がふたりの姿に気づいて、立ち止まった。

「ウチの大学で時々練習してるリベルテって知ってるだろ? セミプロの学生ばっかりのオーケストラで、コンサートやったりCDも出してる……」

「(ああ、もちろん知ってるけど……)」

「そこの部長が、君のバイオリンを聞いてくれるって」

「(えっ?)」

「それでよかったら、そのサークルに入れてくれるって言うんだ!!」

沙絵の顔がパッと輝いた。

「ああ。語学のクラス同じやつが、あそこの団員で、君のこと話したら知ってたんだ。萩尾沙絵って横浜国際コンクールで最年少で入賞した子だろって。それで、部長に聞いてくれたんだ」

「(でも……自信ないな)」

「――――?」

「(だって、私耳聞こえないのよ。それで、みんなと一緒に演奏なんてできるかな)」

「やってみようよ。ベートーベンだって耳聞こえないのにピアノ弾いてたじゃないか」

櫂は明るく言う。

「(……私をあんなオッサンと一緒にしないでよ)」

「は?」

「(あんなテンパーのオタクなオヤジと一緒にしないでって言ったのよ)」

沙絵はスタスタと歩き始めた。

「……ベートーベンと一緒にされて怒る女。……謎……。ベートーベンのことオッサンって……オタク呼ばわりだしな……」

櫂はぶつぶつ言いながらも笑顔で、子犬のように沙絵のあとからついて行く。

気のおけないふたりの様子を目の当たりにして、真帆の心は少し曇っていた。

その夕方、真帆は銀座の和光の前に立っていた。しばらくして、待ち合わせの人がやってきた。真帆は顔を輝かせた。

「ごめん、出掛けにめんどくさい電話入って」

佐野《さの》は言った。会社帰りで、スーツを着ている。

「ううん、私も今来たとこ」

真帆は佐野の後について、カジュアルなダイニングバーに入った。

佐野とは堺田ゼミの同期だった。気さくな佐野に、真帆は素直に何でも言えた。

「あんまりね。あんまりうまく行ってないの――」

「年下の彼?」

「うん。ライバル出現……」

真帆は言って、苦笑した。

「そういうことか。いや、なんだろうな、と思って。突然、電話して来てゴハンでもってさ」

「話せる人いないのよ」

「いいよ。何でも聞こうじゃない?」

「今日私、おごるからさ」

「いいよ。こっちは働いてるんだから。ごちそうするよ」

「……ふうん」

「何?」

「なんか、大人な感じだなあ、と思って」

真帆は自分をリードしてくれる佐野に、くつろぐ自分を感じていた。

沙絵は自宅に戻ると、一心不乱にバイオリンを弾き続けた。弾ける場を見つけられたことがうれしい。ふっと視線を感じてやめるとゆり子が立っていた。

「ごめん、邪魔して。でも、根詰め過ぎ。コーヒー飲まない？」

母はコーヒーをいれた。

「（いい匂い……）」

「豆から挽《ひ》いてみた」

ゆり子はにこっと笑った。

「（おいしい！）」

「ね。何かあったでしょ？」

ゆり子はなぞなぞの答えを当てる子どもみたいに言う。

「ママ、沙絵のバイオリン久しぶりに聞いたからさ。誰のせい？」

沙絵はとぼけて首を傾げた。

「そんなに弾く気になったの、誰のせい？」

沙絵は答えず、コーヒーを飲む。

「それでオーケストラの人に聞いてもらうなんて、そんな勇気持ったの、誰のせい？」

「（べ……ベートーベンのせい。耳、不自由になったあともピアノ弾いたり曲作ったり、根性あるなーって思ってさ）」

「…………」

てしまうのだった。


「(ちょっと私も見習うか、と思ってさ)」

「……ま、いいや。何にしてもまたやる気になったんだもん。ママ、嬉《うれ》しいわ」

ゆり子の笑顔に、沙絵はうっすらと微笑み返した。何気ない言葉にプレッシャーを感じてしまうのだった。


マンションの部屋で、啓太が手紙の続きを書いている。

『あなたの微笑みはまるで春のそよ風の中の草原を走るハチミツ色の馬のたてがみのようで』

書いたもののケシゴムで消してしまう。

「いかん。これじゃ、引かれる引かれる。ドン引き。ちゅうか、意味わからんし……」


「時々ね、エイリアンよ。学生さんは」

真帆は佐野に言った。

「また、大げさな」

「だってもう、こっちは大学時代って卒業してるわけだし」

真帆は悲しそうに言う。

「ヘタに大学残って、大学生なんかとつきあってると、青春ひきずっちゃってよくないわ」

「うらやましいけどね。こっちは、毎月のノルマこなすためにガツガツ働いて、上司にペコペコして」

「でも、それが社会に出るってことじゃない？　立派だと思うわ」

「まあ、そういうことにしときますか」

佐野は笑った。

「……私もあの子みたいに泣いたり怒ったりしたいなあ……」

真帆は思いがけず本音を吐いていた。やや、酔っぱらっているせいだろうか。

「その、沙絵ってコ？」

「うん」

「すればいいじゃない。泣いたり怒ったり」

「できなくなっちゃった……ずっと、年上のおねえさんやってるうちに、できなくなっちゃった」


茜が図書館で借りた本を返しに廊下を行くと、研究室の中からガタンと物音がした。中では翔平と佐伯《さえき》そよ子が、書架を背に抱き合っていた。

「あ……ちょっと、ごめん――。続きは今度」

そよ子はさっと翔平から離れた。

「え……」

「そんな顔しない」

そよ子はふっと笑って、大人の余裕で翔平の頬など触って、洋服の乱れを直している。

「こういうの、一回やってみたかったのよね。体育倉庫とか、図書館の中とか」

「え、じゃやろうよ」

「だから、続きは今度。今の音でネズミが来るかもよ。じゃ、私、先に出るね。バイバイ」

そよ子はさっさと出て行ってしまった。取り残された翔平は、あしらわれてる感じで、心許《こころもと》ない。ため息をついて部屋を出ると、研究室の外に茜がいる。

「あれ……ネズミだ」

翔平はからかった。

「何?」と茜は言い、行こうとするが、翔平はその腕を取った。

「待ってよ、そんなに俺のこと嫌い?」

「好きも嫌いも興味ないけど」

「そうかな。俺に会う時、いつも困ったような顔してるから好きなのかと思った」

「あなたがすごいことばっかりしてるからでしょ」

「あ、そうか。確かに。ね、今、出てった人知ってる？　黙っててね」

「知らない」

「あそ。けっこう有名なモデルなんだけど」

「すごいね。そういう人とつきあってるんだ」

「別に。体が合うんだ。そーゆーのわかんない？」

「わかる。バリバリわかる」

「えっ？」

「ウソ。わかんない。あるだろうな、とは思うけど」

茜はくやしそうに言う。

「試してみる？」

「試さない。私、好きな人としかそういうことしないの」

茜は気丈な感じで言い返した。

「自分がすり減るようなこと、しないの」

茜は歩き始めた。

「……あそ」

翔平は立て続けに振られてしまった。


「どうもごちそうさま」

真帆は店を出ると佐野に礼を言った。

「あ、あのさ。さっきの話だけど」

「何か話、したっけ？」

「いや。だから、ここでだったら俺の前だったら、怒っても泣いても、いいから」

佐野はいつになく真顔で言う。

「あら……あらららら ー?」

真帆は茶化《ちゃか》した。

「何だよ、それ」

佐野はやんわりと制して、続けた。

「泣いても怒っても、笑っても、時々は暴れても、……甘えても、大丈夫だから。ここじゃおねーさんじゃないし」

「何なの?」

「堺田ゼミのマドンナでしょ?」

「……もう、そんなこと言ってくれるの、佐野くんだけよ」

真帆は気弱に笑った。

「あのゼミん中で、真帆のこと好きじゃないやつなんていなかったでしょ」

「……佐野くんも?」

「もちろん」

「ねえ、そういうこと言ってると、好きになるよ」

「……歓迎するけど。俺、今フリーだし」

佐野を前に真帆は戸惑った。

「自分から言い出しといて困るなよ」

佐野は笑った。

「いいよ、友だちでも単なるグチ聞く役でも何でも。たまにはメシ食おうよ」

「……うん」

「じゃ、ほんとに送らないよ」

「うん」

「またな」

沙絵は緊張していた。指揮者がタクトを振り上げ、沙絵は弾き始めた。オーケストラのメンバーが見守る中でテストが始まったのだ。櫂は離れたところから心配そうに見守っている。

沙絵は我を忘れて弾いた。

演奏が終わると、回りの団員たちが、自然に一人二人と立ち上がり、沙絵に拍手を送った。

「それでは、萩尾沙絵さんに次の練習から入ってもらおうと思います」

指揮者がみんなの方を見て言った。

「(えっ、何？　今何て言ったの？　唇見てなかった)」

沙絵は櫂の方を見ると、櫂は小さく親指と人さし指で丸印を作った。

「………？」

　櫂はにっこり笑って、両腕で大きな丸を作った。

「(意識を集中させてね――)」

　沙絵は櫂に話し始めた。

「(心の中で、メロディを奏でる。そして、それに乗る)」

「それに、乗る？」

「(そう、波乗りみたいにね)」

「へえ……波乗り」

「(そしたら間違わない)」

「……なるほど」

　櫂が感心していると、沙絵はふいに立ち止まった。

「(ありがとう)」

　沙絵はふわっと胸の前に手を出した。

「いいよ。そんなあらたまって」

「(ねえ、私今すっごくうれしいの。あんまりうれしいから、うれしいの半分あげたいくらい)」

「こっちもうれしいよ」

櫂は笑った。

「(握手していい?)」

「えっ?」

「(握手したいの、握手していい?)」

「……いいけど」

「(ホント言うと、できたら……抱きついていいかな?)」

沙絵は照れながらも、キラキラとした目で言う。

「えっ、ここで?」

「(今抱きつきたいの。うれしいから)」

「いや、そりゃ別にかまわない……けど——」

言ってる途中で、沙絵はガシッと抱きついてきた。櫂は息が止まった。

スロープを上がって来た翔平と啓太がふたりの様子を目撃した。

「ちょっと今の、よろしくなくなくなくなくない?」

啓太が面白そうに翔平をつつく。

「よろしくなくなくなくないだろ……」

翔平が答えた。

「いや、だから違うんだよ……」

櫂は言った。

「お、いきなり否定から入りましたね」

啓太がからかった。学食のテーブルで、三人はコーヒーを飲んでいる。

「違うんだそうだ。しかしこのコーヒー代は奢《おご》っとけ」

翔平がさらにからかう。

「だからそういうんじゃないんだってば」

「だったら、真帆さんにチクっちゃお♪」

「あ、それはちょっと」と櫂はあわてる。

「お前さ、でもあれはちょっと危険だよ。神聖な大学のド真ん中で」

翔平が言う。

「突然のことで、避けられなかったんだ」

「避ける気あったのかよ」

櫂はうっと詰まってしまう。「微妙らしいっすよ」と啓太が言う。

「でも、恋愛とかじゃないよ。なんつーかな、いわゆるサリバン先生とヘレン・ケラー」

「へ？」

「あ、たとえ、わかりづらい？」

「お前がサリバン先生だな」

翔平が言うと、啓太は「もう彼女は、ウォーターって言ったの？」とからかった。

「いや、まだ言ってないんだ。言うまでは側にいないと、それが俺の役割っていうか任務っていうか……」

啓太と翔平は、「役割……」「任務……」とつぶやきあっている。

「そう。俺、昔、獰猛《どうもう》な野良犬飼ってたんだ。誰の手にも負えなかった。俺はでも、餌をやり続けたんだ。彼女はその犬に似ている――」

「あの、それどう聞けばいいの？　今のはいい話？」

啓太は首を傾げている。

「いいも、悪いもそのまま……」

話してるところに、ポンと櫂が肩を叩《たた》かれた。ヒヤリ……。櫂はこわくてすぐには振り向くことができない。もう一度、ポンポンと肩を叩かれる。

「（何の話？）」

沙絵が立っている。

「あ、俺、そろそろ次の授業……」

翔平が立ち上がろうとするのを、沙絵は笑顔で座らせ、翔平のコーヒーカップを指した。

「まだあるじゃない？　翔平くんと言ってます」

啓太が言った。

「手話わかるの？」

「わからなくてもそうでしょ？」

沙絵は笑って、コーヒーカップと腕時計を指している。

「俺もわかったぞ。まだ、コーヒーも時間もあるわよって言ってんだな」

翔平が言った。沙絵は三人のそばに座った。

「(あのね、私とこの人はなんでもないの。って言うか、タイプじゃないの。まるでぜんぜん未来永劫《えいごう》タイプじゃないの。はい、訳して)」

「訳してと言ってるので、訳しますと、私とこの人はなんでもない。第一タイプじゃない。まるでぜんぜん未来永劫タイプじゃない、と言ってます」

「なるほど。興味深い話だな、啓太」

「ああ」

沙絵は続けて手話で訴えかける。

「訳してよ」

翔平と啓太がうながすので、櫂はしぶしぶ訳した。

「このひといい人だけど、フツー過ぎてつまんない、って言ってます。ねえ、これもうやめない？　なんか新種の拷問みたいだよ……」

「あ、ねえ。わかるよ、フツー過ぎてつまんない」

啓太は沙絵に言う。沙絵はいたずらっぽく笑った。

翔平は沙絵のバイオリンケースに気がついた。

「バイオリン、また始めたんだってね。櫂から聞いた」

沙絵は笑顔でうなずくと、弾く真似をした。

「すごいよ、リベルテなんて。俺だって知ってるもん」

啓太が言った。

「(あ、もう私、行かなきゃ)」

「これから練習？」

沙絵はうなずいて立ち上がった。

「(邪魔してごめんね)」

沙絵はバイバイッと手を振って出て行った。

「まったく、あいつ言いたい放題言いやがって。口きけたら殴ってるぞ」

「え、かわいいじゃん、沙絵ちゃん。獰猛でもあんなかわいい野良犬だったらいいな、俺」

翔平が言うと、櫂は真顔になった。

「……やめろよな。あいつには、手出すなよ」

「出さないよ。あの子は櫂のもんだろ」

「まさか。そろそろ俺らも行くか。じゃ、これ借りるな」

櫂は翔平のノートを取った。

「あいよっ。金曜試験だから、水曜日には返せよ」

櫂は「了解」と言いながら、何気に窓際から外を見ると、階下で沙絵が見て手を振っている。その笑顔に、櫂はフッと笑みをもらした。

「(さっき言うの忘れた!)」

沙絵は手話で、櫂の悪いところを挙げていく。危険な香りがない、フェロモンもない、男としての魅力に欠ける……などなど。

櫂は目を閉じた。

＊

彼女の毒舌が始まった――。
僕はたまに、耳をふさぐ代わりに目を閉じる。彼女の言葉を聞かないために。するとそこは真っ暗闇。ふいに僕は、彼女の孤独を知る――。

＊

「(――それに、優柔不断だし、鈍いとこあるし。あ、目つぶってるつぶっちゃった)」

しばらくして櫂は目を開ける。

「(もう行かないと間に合わないぞ。がんばれ)」

櫂は笑顔でうながした。沙絵がバイオリンを掲げてみせると、櫂は踵《きびす》を返して行ってしまった。

「(でも、私、あなたのこと、好きだよ――)」

沙絵はいなくなったガラス窓に向かって告白をする。

「(好きだよ――)」

そっと、繰り返した。

しばらくたったある日、櫂は沙絵のサークルの部長から、喫茶店に呼び出されていた。二回三回と練習を続けるうちに沙絵のバイオリンの音程が微妙にずれるのがわかったのだという。バイオリンは自分の指で押さえて音を作るので、耳が聞こえないと正しい音程にあたらない。みんなで合わせた時に、不協和音みたいになるのだ。

「沙絵は……クビってことですか?」

「……申し訳ない!」

部長は頭を下げた。

仕方がない。櫂は自分で話をしようと思って、部長と別れた。

「こんちは」

櫂が教室に入ると、茜がいた。

「沙絵は? あいつもこの授業、取ってたよね?」

「3号館とこの裏庭で練習してる。もう夢中」

裏庭に行くと、沙絵は同じところがうまくいかないらしく、何度もやりなおしている。

「(やだな、びっくりするよ)」

沙絵は気がついて明るい笑顔で言う。

「(また、みかんくれるのかと思った)」

「えっ……？」

「(初めて会った時みたいに)」

「…………」

「(夏にね、定期演奏会があるんだって。聞きたかったら来てもいいよ)」

「…………」

「(あ、もう行かなくちゃ。これから授業なんだ。——あ、何か用だった？)」

「いや、別に……」

燿にはとても言い出せなかった。


沙絵はオーケストラの練習に入った。沙絵は夢中で弾いていたが、ふと気がつくと、回りの人たちが一人、二人、と演奏を止めていく。やがて、みんなやめてしまった。

「……ちょっと、休もうか……」

指揮をしていた部長が言って、メンバーたちは散っていった。沙絵はあわてて部長のところに行き『私のせい？』とメモに書いた。部長は渋い顔で片隅に移動した。

音が、ずれてる……と、部長は言った。

「最初に弾いてもらった時は気がつかなかったんだけど、やっぱり微妙にずれるんだ。正直に言うと、君を紹介された時、その名前にひかれたとこもあったんだ。高校の時から注目されてたろ。雑誌でよく見たし、お母さんも著名なピアニストだ。君みたいな人に入ってもらったら、ウチのオーケストラも華やかになるし、みんなの刺激になるとも思ったんだ」

「…………」

「もちろん、腕も確かだと思った」

『でも、今は邪魔なんですね？』

沙絵はメモに書いた。

「…………。たぶん、君の頭の中で鳴ってる音と、実際に鳴ってる音は違うんだ」

部長は苦しげに告げた。

「すまない――」

気がつくと沙絵はバイオリンケースを担いで大学の構内を歩いていた。夕暮れで、校舎がオレンジ色に照っている。

『君の頭の中で鳴ってる音と、実際に鳴ってる音は違うんだ――』

沙絵は音のない世界を歩いていく。

私はもう、この世の音たちを聞くことができない……。目の前を行き交う人たち。健康な人たち。そして、音を持った、健やかな風景。風はどんな音で吹き抜ける？　走る時はどんな足音だったっけ？　ねえ、あなたはどんな声で笑う？　お母さんはどんな声をしてた？　茜は？　なんで、私の世界だけが音を無くしたの……？

＊

沙絵はスロープわきのベンチに腰かけた。練習後、茜と会うことになっている。世界の片隅にぽつりと隔てられながら、沙絵は茜を待っていた。

「こんにちは」

真帆が視界に入ってきて、沙絵は我に返った。

「大丈夫？　なんか青い顔してるけど」

「（大丈夫です）」

「誰か待ってる？」

「（友だちと、待ち合わせ……）」

「ちょっといいかな」

「(どうぞ)」と沙絵は快活を装った。

「あ、バイオリン。櫂くんに聞いたわ。よかったわね、オーケストラ入れたんですって?」

真帆は笑顔で言う。

「(ええ、まあ……)」

「あのね。私も考えたの。あなたにできること、なんかないかって。――喋《しゃべ》ってみない?」

沙絵は驚いた。

「喋ろうよ。あなた、喋れるんでしょ? 四年前まで喋ってたんだし」

沙絵の顔が苦痛にゆがんでいくのに、真帆はまったく気づかない。

「ね、そしたらあなた、もっと世界広がると思うの。オーケストラの練習だってスムーズに行くわ」

「(……私のことはもうほっといて下さい)」

沙絵は静かに告げた。

「(今までどうもありがとうございました)」

沙絵は立ち去った。

大教室で授業を受けている櫂の携帯にメールが着信した。真帆からだった。

「どうしたの？　急用って……」

教室から走ってきた櫂がたずねたが、真帆は黙っている。代わりに、茜が口を開いた。

「ちょっと、沙絵が心配なの。私たち今日、待ち合わせしてて、私、この間櫂くんに事情聞いて心配だったから、オーケストラの練習のぞきに行ってみたの。そしたら、もうあの子いなくて、どうも自分が迷惑かけてるって気がついたらしくて……」

「そう……」

「それで、その後、真帆さんと会って、真帆さんに……」

「私が、喋ったら、って言ったのよ」

真帆がさらりと言うので、櫂も茜も絶句してしまう。

「あの……、沙絵が喋らないのは、前に喋ろうとしたことあったんだけど、笑われちゃったの。喋り方変だって、心ない人から笑われちゃって、あの子、ああいう性格だから、プライド高いし……傷ついて……もう二度と……」

茜は説明するように言うが、真帆は意に介さない。櫂はため息をついた。

「なんでそんなこと言うんだよ。あいつのことはもうほっとけって言ったろ……」

声を荒らげると、真帆はカチンときている。

「笑われるわよ。みんな最初は笑われるの。笑われたって……笑われたって、喋んなきゃいけない時があるのよ！　みんなそうして、喋っていくのよ。聾《つんぼ》の人は──」

「あいつのことを、聾の人とか言うなよ!!」

「そんなこと言う方が差別じゃないの!!」

「差別とか今、そんな話してないだろ。いいよ、俺、行ってみるよ、あいつんとこ」

「何であなたが行くのよ！」

「何でって？」

「行かないでよ!!」

「お前……、何言ってんの？」

「あ、あの……私、席外そうか？」

茜が雰囲気を察した。

「今行ったら、私もう、あなたのこと知らないから」

「そういうんじゃないだろ」

真帆はそっぽを向いた。

「そういうんじゃないなら、明日でいいじゃない。あの子には、親もいれば友だちもいるし、恋人だっているかもしれない！　なんで、何かあるとあなたが行くわけ?!」

そう言われると耀は言い返せない。

「そうだ。そうよ。今日のところは私が行くわよ。ごめんね、なんかちょっと、私もパニクッちゃって。耀くんに電話なんかしてもらっちゃって」

茜が詫《わ》びた。

耀はカバンからノートを出し、茜に差し出した。

「これ、悪いけど、翔平の家に届けてくれる？　ノート借りてて、今日返しに行く約束してたんだ」

「あ、でも……」

「金曜に試験あって、それに使うやつだから、今日返さないとやばいんだ」

茜はノートを受け取った。


翔平はポータブルコンロの火をつけたが、つかない。

「これ、ガスが足りないんじゃないの？」

燿が来るので、すき焼きを用意している。

「お兄ちゃん、すき焼きってフッー牛肉だよね。これ、ブタだよ、いいの？」

あゆみがつっこんだ。

「金ないもん。しょーがないべ」

「せっかく、燿くん来るのにな〜」

「お前さ、唇赤いよ。化粧なんかしちゃって」

翔平がからかうと、あゆみは動揺している。

「……お化粧くらい、今、みんなするじゃない」

「お前、いつもしないじゃない」

「あ、ボンベ、ボンベね。確か、買い置きあった――」

　あゆみはごまかすように台所に行く。妹は、ああいうのが好みなのかと思いながら、洗濯物を取り込みに出た。そこにブーッブーッと鳴りの悪いブザーの音がする。

「ごめーん、櫂くん。そのブザー壊れてるの……」

　あゆみが足を引きずりながら玄関へ行き、ガラッと開けると、茜が立っている。

「……あの、相田翔平さんのお宅ですか？」

　茜が言った。そこに洗濯物をかかえた翔平が現われ、茜は絶句した。

「……何……突然……」

　見合ったまま固まっているふたりをあゆみが見比べていた。


「ごめんね、急に呼び出して……」

　真帆は車の中で、佐野に詫びた。

「いや。煙草吸っていい？」

　佐野は言った。「どうぞ」と真帆は前を見たまま答える。佐野はライターで火をつけた。

　真帆はアクセルを踏んだ。

「何かあった？」

「つきあってほしいの。ひとりになりたくないの、家、帰りたくないんだ」

「いいよ、つきあうよ」

　佐野はやさしく微笑んだ。

櫂が沙絵の家のチャイムを鳴らすと、ハイという声とともに、ゆり子が出て扉を開けた。

櫂はリビングに通された。天井の高い、高級仕様のマンションだ。大きなグランドピアノが置いてある。ハイソな雰囲気に恐縮しながら、櫂はソファに腰を下ろした。

「これ、よかったらケーキ。表参道で買ってきたのよ。沙絵が好きでね」

ゆり子がトレイを運んできた。沙絵は向かいのソファで不機嫌そうに黙りこくっている。

ゆり子は沙絵の前にもケーキとコーヒーを置いて、隣に腰を下ろした。

櫂も沙絵も同時にゆり子を見る。

「あ、私は邪魔かしら……」

ゆり子は立とうとした。

「あ、いえ。お母さんも……」

櫂に言われて、ゆり子は座った。

「……事情聞いたよ。オーケストラのこと。俺が間に入ろうと思ってたんだけど――」

櫂が話し始めたが、沙絵は目をそむけ、下を向いてしまう。櫂は話を続けられない。

「沙絵……」

ゆり子はトントンとテーブルを叩《たた》いた。沙絵はうつむいたまま。ゆり子は沙絵の視覚に入るように手を振ったりするが、頑《かたく》なに反応しない。

「沙絵、失礼よ……」と母親に言われ、沙絵は仕方なさそうに櫂を見た。はねつけるような強い眼差《まなざ》しだ。耀は言葉を飲み込みそうになったが、話を続ける。

「さっきお母さんにも話したんだけど、オーケストラの部長に言われたんだ。音程を自分で作らなくてもすむ打楽器だったらどうにかなるんじゃないかって——」

「(……私にシンバル叩けっていうの?)」

沙絵はつっけんどんな手話をした。

「シンバルとかティンパニーとか……。地味かもしれないけど、それはそれで楽しさがあると思うし……」

耀の手話を遮るように、沙絵はゆり子の方を向いてしまう。耀の手が、宙ぶらりんになる。

「(ねえ、ママ——)」

沙絵は突然母親に向かって手話を始めた。

「(この人、耀くんって言うの。大学で知り合ったのよ。すごく、いい人なの。ルックスだって悪くないでしょ? ステキでしょ? でも、私、この人の声がわからないの。……この人の声が聞けないの……)」

「………!」

「(この人がいくら私に向かって何か喋っても、声が聞こえないの——)」

ゆり子は苦しそうに涙をあふれさせている。

「(ねえ、ママ……私の母親でしょ? だったら娘に教えてよ。聞かせてよ。この人、どんな声してるの?・)」

沙絵は母親を困らせようとしている。

「やめろよ、お母さん、泣いてるじゃないか」

「(どうして? ねえ、教えてよ――)」

意に介さない沙絵に、櫂は声を荒らげた。

「――教えてやるよ! カエルよりはマシでケミストリーほどいい声じゃないって、そんな声だよ。平凡な声だよ」

「(じゃあ、じゃあ、フォークは? これはどんな音?・)」

沙絵は負けじとばかり、フォークでケーキ皿を思い切り叩いた。櫂は沙絵の手を押さえる。

「(じゃ、これは?・)」

沙絵はテーブルの上のものを全部床に叩き落とした。ガシャンと音を立ててケーキ皿やコーヒーカップが飛び散る。

「(……なんで、何で私ばっかりこんな目に遭うのよ!・)」

「……それ、この間も聞いたよ」

櫂は冷静に言った。思いがけない言葉に、沙絵はビクンとする。

「一生そうやって、なんで私ばっかりこんな目に遭うんだってそう言いながら生きてくつもりかい――」

沙絵は黙って立ちつくしている。ゆり子は傍らで、涙をこらえている。

「君はワガママすぎる――」

「(……わがまま?)」

「そうだよ。真帆だって、君のためを思うから喋《しゃべ》ってみたら、とか言うんだ。怒る君の気持ちもわかるけど、君はいつも自分の気持ちばっかりだ。相手にだって気持ちはあるし、事情はあるし、悩みはある――生きるのが苦しいのは君だけじゃない」

「……………」

「これ、君のために買ってきてくれたんだ。お母さんに謝れよ」

「あ、私はいいの。この子がこんなふうになったの、きっと私のせいもあるし……」

ゆり子は言った。

「違いますよ。お母さんのせいじゃないですよ」

櫂は強く言い返す。

「誰のせいでもないでしょう」

櫂は割れた皿を拾い始めた。沙絵は櫂の前に立つと、手話を残して自室に戻っていった。

「あの子、なんて……?」

ゆり子がたずねた。

「もう私のことはほっといて、って……」

櫂は途方に暮れた。

夜景の綺麗《きれい》な場所に車が停まっている。真帆と佐野はしばらく街の灯りをながめていた。

「自信なくしたわ。私のやることって間違ってばかりなのかな……」

真帆がぼんやりとつぶやく。

佐野は煙草の火を消し、真帆の傍らで見守っていた。


燿が割れた食器を片づけていると、沙絵が戻ってきた。

「(……ママは?)」

「疲れたから少し横になるって」

「(……さっきはゴメン……)」

沙絵は気まずそうに詫《わ》びた。

「こっちこそ。言い過ぎた」

「(あとからママにも謝るよ……)」

沙絵は燿を手伝おうと、割れた皿に手を伸ばした。

「触らない方がいい」

「(え?)」

「ガラス。落ちてるかもしれない。手、怪我したらよくないよ」

「(………。もうバイオリン弾かないよ)」

沙絵が言うと櫂はちょっと微笑んだ。

「……それは関係なくて、綺麗な手が傷ついたら大変だ」

沙絵はやさしいなと思いながら、ねえ、と櫂をつついた。

「（さっきあなた言ったよね。私がこんなふうになったのは誰のせいでもないって）」

「ああ……」

「（だとしたら、神様のメッセージは何？）」

「神様のメッセージ？」

「（そう。私をこんなふうにした、神様のメッセージは何？）」

沙絵は真剣に問いを突きつけている。櫂は片づけの手を止めて、向き合った。

「神様にメッセージはない」

「…………」

「ただ不幸がやってきた」

沙絵は黙って聞いている。

「でも、僕にはプランがある――」

「（プラン？）」

櫂はうなずいた。

「君を、音の闇の中から救う」

「…………」

「僕が君を音の闇の中から救う」

櫂が言うと、沙絵は静かに抱きついた。温かい。櫂の肩に頭をあずけ、声をあげて泣いた。泣きながら、櫂に向かって手話をした。

「わたし、ヘンナコエ、で泣いてる？　いや、そんなことないよ」

櫂は笑った。

「(カエルよりはマシで、浜崎あゆみよりはひどいってそんな感じ？)」

櫂は沙絵の冗談に笑った。沙絵はまた軽く抱きついて、「(泣いてていい？)」とたずねた。

「いいよ――」

櫂は答えて、沙絵の頭にやさしく触れた。

4

「これがオレンジノート。みんな、何でも書いていいの」

啓太がオレンジ色のノートを差し出した。文学部ラウンジには、櫂、翔平、沙絵、茜が集まっている。

「(何でも、って?)」

「何でもだよ。今日感じたこと。明日の夢。昨日の涙」

啓太が答えた。

「っつーかあれだろ、連絡事項。えっと、情報交換。就職のこと、学期末試験のこと、などなど」

茜が沙絵にわからなそうな部分を手話で訳して教える。

「いや、もっとその、なんか、心のうちも書こうよ」

啓太の言葉を沙絵が聞き逃した。櫂と茜が手話をやろうとして、互いに譲り合っていると、啓太が引き取って、「(心のうちも書こうよ)」と手話をした。沙絵は驚いている。

「ちょっと、勉強した」と啓太はにっこりした。

「で、心のうちも書くわけだ。交換日記だ、いい歳して」

翔平が茶化《ちゃか》すが、啓太は平気で続ける。

「考えてみれば学生時代もあと何ヵ月かで終わりだ。その思い出っつーかさ。ま、堅いこと言わずにオレンジの会のノートなんでみんなで自由に、落書き帳」

「なーに、それ?」

「オレンジの会?」

茜がやさしく言う。

「今つけたの。俺らの名前」

啓太はうっとりと得心している。

「何でオレンジなの?」

櫂がたずねた。すると、啓太は胸を張って答えた。

「甘くてすっぱい青春時代な俺たちだから」

櫂も翔平も沙絵も乗り切れない。

「え、いいじゃない。ステキだよ」

茜が賛成した。それを見て啓太が顔を輝かせたが、「オレンジの会……ねえ」と、どうもノレない櫂だった。

「わかりやすいねえ、お前も」

ラウンジの外の自販機前で翔平がジュースを買いながら啓太に言った。

「何がオレンジの会だよ。茜ちゃんでしょ? まずはグループ交際から攻めようとか、そういうこと?」

「あ、ばれた? まずは足場固めようと思って」

「なんだ、そういうことか」

燿が理解すると、ヒュンと傍らに小石が飛んできた。ちょっと離れたところから沙絵が小石を投げている。沙絵はにっこり、おいでおいでの仕種《しぐさ》で呼んでいる。「お姫さまのお呼びー」と翔平がからかう。燿は軽く咳払《せきばら》いなどしてから沙絵のところに向かった。

「あのふたりは、いったいどうなってんだろうねえ……」

啓太が首を傾げている。他人《ひと》ごとなので愉快らしい。

「まあ、人の心配より自分の心配だよ。

「あ、ちょっと読んでみてくんない?」

啓太はカバンからごっそりと分厚い用紙の束を出す。

「お前これ、卒論より長いだろ」

翔平はあきれた。

「何」

燿は怒ったように言う。

「(そんな怒んないでよ、離れてたから呼んだだけじゃない)」

「別に怒ってないよ」

「(じゃ、笑って)」

「えっ？」

「(笑ってよ)」

沙絵は自分もにっこり。櫂は一瞬ニコッとしてから素に戻る。「(バッカじゃない)」と
沙絵が突っ込んだ。「何、用事は」と櫂はたずねた。

「(……彼女いるのに、あんなこと言っちゃダメだよ)」

「え……？」

「(この前言ったようなこと。僕が君を音の闇の中から救う)」

「……あ」

「(カッコよすぎ。映画みたい。ドラマの見すぎ)」

「…………。そうかな、ダメかな」

「(ああいうことは、何かを捨てる覚悟をして言うもんだよ)」

沙絵は真顔で言う。

「何かって何？」

「(たとえば……彼女)」

櫂はしばし考えてから、「それと、これとは違うでしょ」と答えた。

「(違うの？)」

「違うよ」

「(なあんだ、私のこと好きかと思った。好きじゃないんだ)」

つまらなそうな沙絵を前に、燿は憮然《ぶぜん》となった。

「彼女とかそういうこととは違うよ。嫌いじゃないけど。——あ、もしかして、俺のこと好きなの？　口説いてんの？」

燿はおちょくってみたが、沙絵は悲しそうな顔でうつむいてしまう。燿は焦った。

「(……なーんてね。なわけないでしょ？　あなたのことは一生生きても好きにならないから、安心して)」

沙絵は明るい顔で踵《きびす》を返した。

「未来永劫《えいごう》好きにならない宣言……」

燿がつぶやいていると、沙絵が振り返って「(違った)」と言った。

「(こんなこと言おうと思ったんじゃなかった。なんかあんたと喋《しゃべ》ってると調子狂うのよね)」

「じゃあ、なんだよ。何言おうとしたの？　早くして」

「(早くしろだと？)」

「……早くして下さい」

「(ま、いいわ。私、あなたの言うように頑張ってみるよ)」

「…………?!」

「(なんで私ばっかりって生きてても仕方ないもんね。バイオリンはダメになったけど、何か探してみるよ。前向きに検討してみるから……。ん？　前向きに検討、ちょっと違うな、なんか……言葉、カタいし──）」

「（いいじゃない。ひとりごと、言わないように」

「いいじゃない。ひとりごとくらい言うわよ。……あ、ごめん、時間ないんだったわね。かいつまむわよ）」

「（だから、その……。あなたのおかげで、けっこう、いい感じよ）」

「ぜひ」

「えっ？」

「（私の気分。頑張って探してみるよ、今の私でできること）」

「おお。いいね。なんか」

　櫂はうれしくなった。

「（うまく言えたわ、我ながら、ここんとこ）」

　沙絵は晴れやかな笑顔で胸のあたりを指した。


「イタ……」

　真帆は腕をベッドの端にぶつけて目が覚めた。見慣れぬ部屋にいる。真帆はガッと飛び起きた。テーブルの上には、昨晩ふたりで飲んだらしき痕跡《こんせき》がある。ソファには人の起き抜けたあとの毛布──。佐野はすでに出勤したらしい。真帆は傍らに置いてあったメモに気がつき読んだ。

『眠れる森の美女みたいにぐっすり眠ってるので、このまま起こさないで行きます。コーヒーはキッチンのコンロの横。パンはトースターの後ろの棚。鍵《かぎ》はテーブルの上。俺の心も、真帆の手の届くところに、いつもあります――』

手紙の言葉が心にジンと響いて、真帆は泣きたくなった。


文学部ラウンジで茜がオレンジノートに向かい、一生懸命書き込んでいる。そこに翔平がやって来た。茜はパッとノートを伏せた。

「何書いてたの？」

「別に……」

「ああ、こういうの好きなんだ。こういう青春ごっこみたいなやつ」

翔平にからかわれ、茜は憮然と立ち上がった。

「どうしたの？　続き書きなよ」

茜は「いいの」と言って行く。翔平が追ってくるが、構わずどんどん歩いていく。その道すがら、見ていた学生から、ヒュウッと冷やかされる。「何よ」と茜は振り返る。

「そんなこわい顔しないでよ」

軽口を叩《たた》く翔平に、茜は意地悪な気持ちがわいてきた。

「……そうだ、妹さん、元気？」

「え……？」

「この前は、突然ごめんなさいね」

茜はわざと翔平の家のことを話題にする。洗濯物を持ったままの間抜けな翔平の様子を思い出していた。

「あ、いや。突然、驚いたけど」

翔平はややひるんでいる。

「食べたかったな。ブタ肉のすき焼き」

「何、それ。妹が言ったの？」

「そう。よかったら食べてって……。ブタだけどって」

「…………」

「私、すき焼きって牛肉しか食べたことないから、どんな味かなーって思って」

「その牛も、米沢牛とか松阪牛とか、そんなやつだ」

「そうね。グラム八百円くらいのね。安くても」

「……あそ」

「私、翔平くんって……あなたって、なんていうのかな、都心の上の方のワンルームマンションとか住んで、真っ赤なオープンカーとかに乗ったりしてるんだと思ってたわ。間違っても洗濯物とか取り込んでないと思ってた」

「……なんかそれ、単なるチャラオじゃん。わりと、貧困なんじゃゃない、想像力。ステレオタイプっていうか……」

「それ以外にあなたのことどう想像すればいいの？」

はっきり指摘していく茜に、翔平はやられ気味になっている。文学部の校舎を出ると赤いオープンカーが停まっている。

「茜ちゃん、乗ってかない？　送るよ」

同じゼミの男子が誘った。

茜はさわやかな笑みで「あ、助かるー」と答えると「えっ、まじ？」と男子は浮き足だった。

「同じゼミの男の子なの。私のこと好きなんだって」

「あそう。そいで君はどうなの？　好きなの？　あのもやし男みたいなのが」

「あなたよりはね」

茜は言い残して、赤い車に乗った。が、大通りに出たところで、「急用を思い出した」と言って車を降りていた。

沙絵はリビングで、ボーッとテレビを見ていた。ゆり子がピアノを弾いている。一曲弾き終わり、にこやかに司会者と喋り出した。そこでブチッとスイッチがオフになった。ゆり子が帰ってきて切ったのだ。

「（見てたのに）」

「やめてよ。恥ずかしい。あの時の衣装、気に入ってないの」

「(えっ？　美人ピアニストって紹介されてたよ)」

「天才ピアニストって紹介されたいわね、なーんて、無理か。ゴハンまだでしょ？　買ってきちゃった。デパ地下で」

ふたりはテイクアウトの惣菜《そうざい》を皿に移し替え、夕食をとった。ふと、沙絵は箸《はし》を止め、テーブルをトントンと叩いてゆり子を呼んだ。

「(この前、ごめんね)」

神妙な沙絵を前に、ゆり子はちゃんと聞こうと手を止めた。

「(あ、そんなかしこまって聞かなくても……いや、ちゃんと話そう。ちゃんと聞いてもらおう)」

「ちゃんと聞くよ」

ゆり子は姿勢を正した。

「(この前はごめんなさい)」

「ケーキぶちまけた時？」

「(そう……。ごめんなさい)」

「うん……」

「(私、やっぱりすごくショックだったんだ。バイオリン、ダメになったの)」

「うん……」

「(あの時、留学する時、ピアノに進むかバイオリンに進むか、迷って迷って、それからずっとバイオリン一筋で……)」

「うん……。ママ、ちょっと知ってたけどね」

「………?」

「沙絵が、バイオリン選んだのは、ママに気兼ねしたからでしょ?」

「(えっ)」

「沙絵は、ママよりピアノうまくなりそうだったもんね……」

「(関係ないよ。バイオリンの方が好きだっただけ)」

「うん、ま、そうか……」

ゆり子はそれで一応納得する。

「(……就職とか、どうしようかと思って)」

沙絵は不安を口にした。

「……私は、あなた音楽で生きていきたいって思ってるって思ってた」

「(思ってたけど、もうどうしようもない)」

「………。だったらしばらくゆっくり、考えてみたら? 焦ることない。新卒だからってあなたの場合あんまり関係ないし。あなた一年や二年養うお金、ママ、楽勝にあるし。なんなら十年でも二十年でも――」

「(………。ママにとって私、お荷物ね)」

「何言ってんのよ。そう思ったら、パパと離婚する時にあなた手放してるわよ」

「…………」

「それに、お荷物って言うけど、荷物持たないで歩くのってすごく不安よ。ハンドバッグ忘れてパーティ行っちゃった時みたい」

　母のたとえに、沙絵はクスッと笑ってしまう。

「今は、あなたが迷ってる時期なんだから、ママが助けるよ」

「(ありがとう。考えてみる。探してみる。ママに少し甘えてね)」

「その代わり、ママが大変な時は、あなたが助けるのよ」

「(わかったよ)」

　沙絵は笑った。

「あの時の男の子、元気?」

「(バリバリ元気)」

「ふう……ん」

「(はいそこまで。それ以上は質問禁止!)」

「ふう……ん。ま、いいか。おいおいね」

　ゆり子が不敵に笑うので、沙絵も負けずに笑った。

　数日後、櫂は真帆からカフェに呼び出された。

「えっ……」

　燿は驚いた。

「だから、ちょっと時間おきましょう」

「時間……」

「距離おくっていうか……」

　真帆は言葉をにごした。

「あ……。この間のことだったらごめん。こっちも無神経だった。でも、彼女とは沙絵とは別にそういう……」

「彼女のことじゃないの」

　真帆は語気を荒らげた。

「あ、ごめん……。そうじゃなくて、なんか、その前から私たちギスギスしてたし……ゆっくりひとりで考えてみたいの」

　燿は黙ってしまった。真帆は燿から目を逸《そ》らし、「いろいろ……」と加えた。

「いろいろ……？」

「いいかな」

「……もちろん」

　燿は答えるのがやっとだった。

　笑顔で真帆を見送ったものの、燿は落ち込んでいた。授業が始まる前、啓太と翔平に事情を話し、相談した。

「やばいよ。それやばいよ、絶対」

啓太が言う。

「距離おいて、時間おいて、元に戻ることとってあんまりなくなくないか？」

「ないな」

翔平が断言する。「……言いきるなよ」と櫂は気弱につぶやいた。

「距離って何メートル？　時間って何時間？　とか聞かなかったの？」

啓太がたずねる。

「聞けるかよ、そんなこと。……聞きたいけど」

「男はつらいよな」

啓太は一緒に耐えている。「お前、人のことだとわかるのな、いろいろ」と翔平は啓太に突っ込む。

「でもま、ちょっと俺もいろいろ考えたい時期だったからよかったんだ」

「考えるって何を？」

「んー。就職とか」

「就職って、もう決まったも同然じゃん。アルファ時計。最終面接っていっても、あそこ形だけだろ。有名じゃん」

「うん……まあ……」

燿のぬるい反応に、翔平がめざとく気がついた。

「お前、何考えてんの?」

「もうちょっと、考えてることまとまったら発表するよ」

燿は言った。

「あ、ねえ、だったらまず、俺のこの……」

啓太が手紙を取りだした。

「出るぞ出るぞ、卒論より長いラブレター」と翔平がうんざりしている。「いや、少し削ってみたんだ……」と言う啓太を無視して、燿と翔平は講義を聴く態勢を整えた。

「でもさ、やっぱ、あの沙絵ちゃんのせいもあるんでないの?」

翔平が小声で言う。

「それは、関係ないっつってたけどな」

「お前この前言ってただろ。沙絵ちゃんとのこと。サリバン先生とヘレン・ケラー、もしくは誰の手にも負えなかった獰猛《どうもう》な野良犬……」

燿は思い出して苦笑した。

「でも、ヘレン・ケラーでも野良犬でもないんだよ。二十二と二十一の男と女でしょ」

「生々しいこと言うね……」

「いや、いい関係なんだと思うけどね。一つの見方としてそういうこともあるわけじゃん」

「…………。ありがたく聞いとくよ」

翔平はイヤミかと櫂を見ている。

「いや、素直に……」

「……そう」

「え、何々？　何の話？」

啓太が途中で割り込んできたので、翔平と櫂はうるさいとばかり軽くにらんだ。


文学部ラウンジで、茜はオレンジノートにオレンジのイラストを5個並べて描き、色を塗っていた。5個は、櫂、沙絵、翔平、啓太、茜、のそれぞれの顔の似顔絵になっている。

「ん、できた」と茜は満足そうに見つめた。ノートには、茜の初メッセージが書いてある。

『私は、オレンジの会って悪くないと思います。何かあるかなー、と思って田舎から出て来て、東京の付属の高校に入って、そのまま大学にあがって、ステキな仲間ができるかなーなんて思って毎日ここに通って……。四年になったらずーっと大人になるのかなー、なんて思って、一年二年三年と過ごして……。正直なとこ、気がついたらあっという間に四年生って感じです。前を見たら社会に出ていく何の準備もできていなくて、後ろを振り向いたら、これが私の大学時代だっていうようなステキな思い出も、別になく……。このまで終わってしまうのは、あまりに寂しいと思ってたところに、オレンジの会です。だから、私はここで思いきって、心開いてみようと思ってます。いろんなこと、おしゃべりしてみようなんて思ってます。だって、せっかく知り合った、出会った私たちなんだし。ということで、頑張って勇気出して、一発目、書きました。　小沢茜』

夕方、翔平はラウンジにやってきて、ノートを開いた。茜が書いたメッセージを翔平は熱心に一読してからパタンと伏せて置いた。何か書きたいと思っているのだが、何を書いたらいいのか、落ち着かない。ノートを開き、ペンを出して何か書こうとした時、ガタッと音がした。翔平はびびってすぐさまノートを閉じた。オレンジの会の誰かが来たのかと思ったのだ。が、知らない学生だった。翔平はそのままノートを元あった場所に戻した。

「自分がやりたかったことって何なんだろうってさ」

数日後、櫂は堺田教授に相談した。就職しないで、作業療法士の資格をとりたいと、気持ちが固まりかけている。その話を、ル・リストで啓太と翔平に報告した。二人は神妙に櫂の話を聞いている。

「自分にできることって何なんだろうって思ってさ」

櫂が言うと、「おそい！」と二人同時にかみついた。

「えっ？」

「だって、あなた、四年のこの時期になってそんなこと言い出して、就職決まりかけてたの蹴《け》っちゃうわけ？」

「そうだよ、もったいないよ」

「えっ？　啓太が言うのはわかるけど、翔平までそんなこと言うの？」

「っつーか、俺とお前は違うじゃん。お前、優等生じゃん、ある意味。アルファ時計、もったいないよ」

「先生は何て言ってんだよ、ゼミの堺田」

「もったいないって言ってるよ」

最終面接はあさってだった。

「行けよ。行った方がいいよ。そいでさ、内定取ってさ、それでよく考えてみれば。やっぱり嫌だったら、就職しなきゃいいんだし」

啓太が妥協案を出した。

「んー。内定もらったら、俺、そのまま就職しそうな気がするんだよ。そういう弱いとこあるんだよ」

櫂は言った。

「……弱いっていうか……」

「……なんていうか……」

啓太も翔平も、櫂の気持ちがわからなくもないのだ。

文学部ラウンジに茜は入った。オレンジの会の方に行くと、沙絵がオレンジノートを読んでいる。茜は沙絵をつついた。

「恥ずかしいなあ。私だけでしょ、どうせ書いてんの？」

「(ううん、誰か書いてるよ、ほら——)」

「ん？　なになに、『あの頃、大学に入りたてのあの頃、何を思ってただろうか……』。あ、この字、櫂くんだ。私ノート見たことあるからわかる」

「(やっぱりね)」

二人は文学部ラウンジ横のオープンテラスになってるところに場所を移した。5月の風が心地よく吹いている。

「(自分のね、未来を考えてみた——)」

沙絵は話し始めた。

「(バイオリンだめで、何ができるかなーって)」

「うん」

「(絵を描いてみる)」

ちょっとおどけた感じで話す沙絵を、茜は楽しげに見ている。

「(テニスをしてみる)」

「はいはい♪」

「(お料理を作ってみる)」

「似合わなーい」

「(ナニぃ?)」

沙絵は憤慨する。「ウソウソ。続けて」と茜は笑った。

「(ダンスをしてみる)」

「ふんふん」

「(でもね、何考えても、何想像してもさ、横にね、あいつがいるの。あいつがね、横にいて、笑ったり、ブーたれたり、怒ったり、つまんない笑えない冗談言ってたりするの)」

「……櫂くん?」

茜がたずねると、沙絵は困ったようにうなずいた。

「そういうの、世間一般じゃ、好きって言うんだよ」

「(知ってるよ。でも、私はそうは言わないんだ。どうせ、卒業したら離れちゃうんだしさ。だから、今の話は内緒ね)」

「……うん……」

茜は受け止めるように相づちをうった。


次の日、茜は緊張しながら、都心のホテルにいた。濃紺のリクルートスーツを着ている。茜が志望する大手ツアー会社の一次試験が行われるのだ。受け付けが終わって、さっそく集団面接が始まった。

一方、翔平は同じホテルの一室のベッドの上にいた。そよ子はやることをやってしまうと、さっさと起きあがってシャワーを浴び、メイクをなおしている。裸のままの翔平を放ったまま、そよ子はきれいに身支度を終えた。

「ここ置くねー」

そよ子は財布から札束を抜き、テーブルの上に置いた。

「仕事のギャラ入ったの。だから、おすそわけ……」

翔平が複雑な顔をしていると、「どしたの?」とそよ子は不思議そう。

「いや、サンキュ。ありがたくいただきます」

「あわただしくてごめんね。私、続けてなんだ」

「続けて?」

「次は3004号室。コマーシャル関係の偉い人に呼ばれてんの」

「……寝るの?」

「ま、たぶん、ホテル呼んどいて、カルタ取りはしないでしょ」

「あそう……。俺、週刊誌で芸能人のそういう記事読む度に、ホントにホテルの部屋で仲間とトランプしてんだ、と思ってたよ」

「またまた、かわいいこと言っちゃって。今日も楽しかったね、トランプ」

そよ子は手慣れたように軽くキスをして、「じゃね」と出て行く。残された翔平はやるかたなく、枕を壁に投げつけた。

茜は面接を終え、会場をあとにした。面接を通過した学生には明後日までに連絡がいくと告げられた。茜がエレベーターに乗り込むと、翔平が乗っていた。「何階？」と翔平は茜に聞いた。他の人たちが利用階を言ったので、翔平は仕方なくボタンを押している。茜はクスッと笑って自分でロビー階を押した。

ロビー階で翔平も降りた。

「似合ってるね。それ、ＯＬみたい」

翔平は後ろに立ち、茜のスーツ姿をながめている。

「面接だったの」

「わかるよ、見れば」

翔平の言葉をツーンと無視して、茜は歩いていく。

「だから、頑張って……」

翔平は呼びかけた。

「――心開いてみようと思ってます。いろんなこと、お喋《しゃべ》りしてみようなんて……」

「やめてよ！」

茜は声を荒らげた。

「いや……俺、あのオレンジの会のノート――」

「だから、やめてって言ってるでしょ」

「……やめるよ」

けっこう思うところがあったと言うつもりだったが、やめた。気を取り直し、「真面目に就職活動してるんだね」と声をかけた。

「おかげさまで」

茜は取りつくシマもない。

「あなたはしないの？」

「……んーっ、どうなんだろうな」

「いろんな女の人と寝る勇気はあるのに、社会に出ていく勇気はないんだね」

茜の皮肉が、今の翔平にはちょいこたえる。茜はふいに立ち止まった。

「どうしたの？」

「ちょっと、今のは言い過ぎたかと思って。怒ったかと思って」

「怒んないよ。仰せの通りだもん——」

翔平が1階のフロアに目をやると、そよ子が中年オヤジと腕を組んで歩いて行くところだった。そよ子は視線に気がついて、客室の鍵《かぎ》を持った手でそっと手を振った。翔平はかじかんだ笑顔で応《こた》えるが、寂しさが残った。

「あなたの、彼女じゃないの？」

茜は翔平の表情を見逃さなかった。

「コマーシャル関係のエライ人なんだって。仕事の一環でしょ」

「そんなつきあいやめれば？」

「どんなつきあい？」

「あなたとあの人がしてるような、そういうつきあい」

「あいつと俺は似てるんだ。目的のためには手段を選ばない。金や名声のために、女使うのも、一つの方法でしょ」

「…………」

「俺の家見たでしょ？　ウチ貧乏なの。妹、足悪いし。俺は、自分の手でいろんなものを手に入れなきゃいけないんだ。啓太や耀とは違う」

茜は黙っている。

「時間あるの？」

「え？」

「だってなかなか帰ろうとしないからさ。だったら、寝とく？　俺と。ここ、ホテルだし」

「寝ない。まだ、寝ない。あなたが私のこと本当に好きになって、私があなたのこと好きになって、そしたら、寝る」

茜は真顔で言う。翔平は一瞬面食らったが、すぐにプッと吹きだした。

「……そんなこと、あんの？」

茜は笑われて一瞬、泣きそうな気持ちになるが、立て直した。

「似てないよ——」

「は？」

「あの女の人とあなた、似てない」

「…………」

「だって、ホントはあなたが望んでるものって、お金とか名声とか、そんなものじゃないもの」

「じゃ、何。教えてよ。俺、何望んでんの？　愛とかでも言う気？　あんたがそれ、俺にくれるの？」

「わかんないけど……。あなたの言うことや、やること、いつもポーズって気がする。ホントはいい人なのに、わざと冷たくしてるっていうか。いい人の自分、見るのこわいんじゃない？　人恋しい自分、認めるのこわいんじゃないかって思うわ」

翔平は黙って聞いている。

「ごめん……。変なこと言った。忘れて」

茜は行ってしまった。翔平はやるかたなく、思いきりゴミ箱を蹴《け》った。

「——忘れられっかよ！」

耀は大学病院のリハビリセンターを訪ねていた。リハビリをしている人が大勢いる。耀は療法士たちの動きを真剣に見た。それからカウンセリング室でカウンセラーと話した。

「堺田教授から聞いてますよ。結城くんね。とりあえず、時給いくらのバイトからだけど、いいの？」

「ええ、よろしくお願いします」

燿は頭を下げた。

大学に戻ると、上からパラパラと物が降って来る。ボールペンやハンカチ。そして、果てはカバンまで。燿は落っこちてきたカバンを拾い、土を払った。見ると沙絵が駆けて来てニッコリしている。

「(当たらないからいろいろ投げちゃった)」

「……空からいろんな物が降ってくるわけだ。君に呼ばれる時……」

燿は落ちているものを拾って渡した。沙絵は受け取る間、手話ができないので、急いでそれらをカバンに収めていく。

「(聞いたよ。就職、蹴るの？　どうして？)」

燿はラウンジ横のオープンテラスに場所を移し、沙絵に説明することにした。

「考えたんだ。思い出そうとしたんだ。ここに来た時、ここに入った時、何しようとしてたかって」

「(うん……)」

「なんで社会福祉心理学なんて専攻しようとしたかって」

「(うん……)」

門だったんだ」

「介護の仕事とかリハビリの仕事とかしたいと思った。でもさ、現実はきびしくて、狭き
「………」

「だけど、オレ、沙絵見てて、頑張る沙絵、見てて、自分ももっと頑張れるかもしれないと思ったんだ。今、ちゃんと選ばないとダメだ。誰かを救いたいとか、救えるとかは思わないけど、ただ、手助けしたいと思う。立ち上がる時の手すりにくらいはなれるかもしれない。初めて自転車に乗った時についてた補助輪。あれくらいには、なれるかもしれないって」

沙絵は黙って聞いている。

「そのうちさ、その人は補助輪外して自転車乗るようになるかもしれない。っつーか、なるだろ。俺のこと忘れるかもしれない。でも、それでもいいんだ。そこまで力になれれば――。あ、なんか変だな。俺、あんた相手だと、いろいろ喋るな。おしゃべりになる」

「(向いてると思うよ)」

沙絵は言った。

「(だって、私、耀に励まされたもの。補助輪以上にさ。手すり以上に。――あ、今いいこと言ったんだけどな。わかる、私の手話? 何言ってるかわかる?)」

わかると耀は手話で伝え、「サンキュ」と言った。

「(応援する。がんばってよ)」

沙絵の笑顔に、櫂も笑顔になった。いつの間にか、やさしげな夕暮れの光に包まれていた。

「じゃあ、気持ちは変わらない？」

堺田教授は櫂の気持ちを聞いた。

「はい……」

「……ふうむ……。アルファ時計には、こちらから連絡しようか？」

「いえ。自分で」

櫂はひとつ大きなヤマを越えた。

沙絵は大学近くの楽器屋をのぞき、シンバルを手に取ってみた。後ろからチョンチョンと肩を叩《たた》く手があった。茜である。

「どうしたの？」

「(んー。打楽器も悪くないかと思って)」

二人はル・リストに行き、お茶を飲んだ。

「(私はあの人、翔平くん、悪い人じゃないと思うよ)」

沙絵は言った。乱闘が起きた日の夜、助けてくれたことを思い出す。

「そーお？」

茜は不服そう。

「(茜のこと気になるから、意地悪言うんだよ)」

「そうかな。女の人いっぱいいるみたいだし。なんの取り柄もない凡人の私をバカにしてるのよ」

沙絵はお茶を飲みながら茜の様子をうかがっている。

「オレンジノートに書いた私のフレーズ、そっくりそのまま声に出して言ったりしてさ、すっごく憎々しいのよ」

「(ね? 茜の書いたフレーズ覚えてたんだ)」

「えっ?」

「(あのノートに書いた、茜の言葉をさ)」

沙絵の指摘に、茜はハッとしている。

「(きっと、何度も読んだんだよ。茜の文章。じゃなきゃ、そっくりそのままなんて、繰り返せないよ)」

茜は確かにと納得し、ひどい態度を取ったことを後悔している。沙絵は「(バカ)」と茜にやさしく突っ込む。

「そういうんじゃないわよ。私のことなんか、バカにしてるの。そうじゃなきゃ、困るのよ」

茜はボソボソと言い、ジュースを飲んだ。沙絵は読み取れない。

「(何?)」

「ううん、何でもない……」

沙絵が家に帰ると、ゆり子が華麗にピアノを弾いているところだった。曲はショパンの英雄ポロネーズ。ゆり子は沙絵に気づき、振り向いて笑う。弾き終わり、沙絵は拍手した。

「(ショパンのポロネーズ)」

「おっ。なんでわかるの」

「(なんでだろう。なんかわかるのよ。空気が震動する)」

「ホント?!」

「(……なんてね。ママの肩の動きでわかるのよ。あと、でも、なんとなくわかる)」

「…………」

「(聞こえてくるよ。頭ン中で。ママの、キュッとしたショパンのポロネーズ)」

「キュッとした?」

「(そんなに力強くなくて、でも、やさしすぎるってわけでもなくて、キュッとしてるの)」

「……なんだか、わかんないな」

ゆり子は立ち上がり、沙絵にどうぞと椅子をあけた。

「弾いてごらんよ。シンバルもいいけどさ。ピアノも打楽器だよ」

「(……ピアノも打楽器?)」

「だって、こうして叩くじゃない?」

ゆり子は鍵盤《けんばん》を叩いた。

沙絵はピアノの前に座った。うまく弾けるのかと畏《おそ》れがあり、思わずゆり子を見てしまう。

「気軽に気軽に」

沙絵はうん……とうなずき、おそるおそる黒鍵に手を伸ばした。最初の一音を弾くのをゆり子は息を飲んで見つめている。……と、沙絵は軽快に『ネコ踏んじゃった』を弾いたのだった。

「あんたっていう子はまったく。でも、名演奏――」

慈しむように笑うゆり子に沙絵は微笑み返し、いい具合に緊張がほどけていった。そして、スゥッと息を飲むとポロネーズを弾き始めた。ゆり子は息をつめて聞いている。沙絵は華麗に弾きこなした。

燿がリハビリセンターで介護のアルバイトを始めた初日、真帆が病院を訪ねてきた。

「堺田先生に聞いたわ。就職、断ったってどういうこと?」

真帆は不服そうに切り出した。病院近くの喫茶店で、二人は久しぶりに向き合っている。

「今、バイトやってるんだ。そこのリハビリセンターで」

耀は答えながら、経緯を説明するのが少し面倒になっている。

「それも聞いた。私、何も知らないし」

「だって、距離おこう時間おこうっつったの、そっちじゃないか」

耀はつい声を荒らげてしまった。

「そうだけど……。なんで、アルファ時計断ったの？　せっかく決まりかけてたのに」

詰問モードの真帆を前に、耀は説明する言葉を見失っている。

「私を愛してないの？」

突然、真帆は問いかけた。

「あなたの人生に私はいないの？」

「それ……どういう意味？　将来を約束するとか、そういうこと？」

「……そうよ」

真帆は試すような瞳《ひとみ》で、耀を見つめる。

「それは……、正直、今の僕にはできない」

耀が言うと、みるみる真帆の表情が曇った。

「ごめん。真帆がそういうこと考えてるの気がついてたけど、そういう話、避けてた——

——」

耀が詫《わ》びると、真帆は表情をこわばらせている。

「でも、俺は真帆が好きだし、これからもやっていきたいと思ってる。電話待ってたよ。

こっちからかけたかったけどかけちゃいけないんだと思ったし、だから、だから会いに来てくれてホッとしたっていうか……」

いつものふたりの、甘いモードに入りそうになった時、そういうんじゃないの、と真帆がつぶやいた。

「就職のこと、聞きたかっただけよ」

真帆は冷たく突き放し、車で来たから大学まで送ると言った。

耀は、真帆の車の助手席に乗った瞬間、ダッシュボードの上のライターに気がついた。

真帆のものではない。耀は、この席に座った誰かの存在をかぎとっていた。

真帆はライターに気づかない様子で、シートベルトを締め、エンジンをかけている。

「急に……急にあんなこと言い出すなんて、距離おこうとか……他に好きな人でもできた？」

耀はサラリと聞いた。すると、真帆はハッと驚いたように耀を見た。

「あぶないよ、前」

耀は平然を装いながら言った。

「どうして？」

真帆は耀から目を逸《そ》らすように前を見て、言った。

耀は目の前にあるライターを見ている。というより、普通にしていても、ライターが目に入ってきてしまうのだ。

「なんとなく……」

　耀は答えた。

「……好きになりそうな人はいるわ」

真帆が前を向いたまま答えた。その横顔に耀はスウーッと心が凍った。

真帆は車を発進させた。

「つきあってるの？　その人と」

　耀はたずねた。

「つきあってないけど……その人の家に泊まったわ」

「……そう」

　耀は思わず答えていた。

「次の信号で止めて」

「次は青だよ、たぶん――」

「青でも赤でもいいから、止めて」

　耀は懇願するように言った。車は、次の信号で停まった。耀は思いを振り切るようにドアを開けた。

「待って――」

　真帆が呼び止めた。

「……これで終わりなの？」

「……終わりにしたいから言ったんじゃないの？　泊まったなんて――」

耀が言った時、後ろの車がクラクションを鳴らした。

「ごめん。電話する――」

耀は言って降りた。真帆は答えないまま、車をすーっと発進させた。遠ざかる車を見送りながら、耀は悲しかった。悲しすぎて、涙が出なかった。

気がつくと、耀は大学の構内を歩いていた。日の落ちたあとの構内は、すっかり暗くなっている。文学部のラウンジを覗《のぞ》いてみたが、中には誰もいない。耀はいつものオレンジ会の場所で、所在なく、オレンジノートをペラペラとめくった。

『ピアノを弾き始めました。ピアノも打楽器の一つということで。やっぱり自分には音楽しかないみたい。十六歳までやってたピアノ。シンバルはどうも、あのおさるのシンバル叩くおもちゃを思い出してダメだったのですが……』

おさるのおもちゃがシンバルを叩《たた》いているイラストが添えられている。耀は思わずクスッと微笑んで鉛筆を取り、おさるに長い髪の毛を書き足した。矢印をつけて「沙絵」と書いた。ふいに感情があふれ、涙がこぼれそうになるのを耀は必死にこらえていた。

耀は文学部の校舎を出た。西門の方へ歩いていると、吹奏楽部の練習の音が流れてきた。その中に、ピアノの音色が紛れている。初めて会った時、沙絵がバイオリンで弾いていたガボットだ。耀はふと、教室をのぞいてみたが、弾いているのは沙絵ではなかった。

耀はとぼとぼと西門を出た。そうして、足の歩みに委《まか》せて、大学通りの坂を下りていくと、通りの向こう側に、赤い自転車に乗る沙絵を見つけた。沙絵は交差点で、信号待ちしている。

「沙絵――――！」

耀は思わず大声で呼んでいた。

5

「沙絵――！」

耀は思わず大声で呼んでから、ハッと気づいた。ああ、聞こえないんだった。沙絵はもちろん気づかず、信号が変わるのを待っている。耀は夢中でカバンを探った。そして、携帯をつかむと、沙絵の方に向かって投げていた。携帯は、夕闇の交差点をまたぐように弧を描いて飛び、沙絵の自転車の前に落ちて、軽く跳ねた。

沙絵は携帯を不思議そうに拾いあげ、飛んできた方を見た。束の間、耀と沙絵は見つめ合った。信号が変わり、沙絵は耀のいる歩道に渡ってきた。沙絵は携帯を差し出しながら、憔悴《しょうすい》している様子の耀を心配そうに見ている。

「(どうしたの?)」

沙絵は片手で自転車を支え、もう片方の手でたずねた。耀は答えられない。

「(どうした?)」

沙絵はちょっと笑顔を添えてたずねてきたが、耀は真顔のまま、沙絵を見つめていた。

次の日、文学部のラウンジには、授業の合い間に、いつの間にかオレンジの会の五人が集まっていた。翔平と啓太が、櫂の携帯を見ながら、これは修理に出しても直らないだろうと話している。啓太が「あのー、ハイ!」と手を挙げた。茜が「はい」と先生のように当てた。

「あのー、思うんですけど、なんでふたりは携帯電話投げ合うの? 携帯電話なんで、掛け合えばいいんじゃないでしょうか? 沙絵ちゃん、携帯メールやってんでしょ?」

啓太の発言に、櫂は、まあ……とうなずいた。

「そうだよ、通りの向こうの沙絵ちゃんに、携帯投げつけてまで……」

翔平が言った。

「投げつけてないよ」

櫂がふてくされたように答えた。

「(危うくぶち当たるところだったわよ)」

沙絵が大げさに手話で言った。

「まあいいよ。携帯投げて呼び止めてまで、何の話だったの?」

翔平が突っこみを入れた。

「そうよ、何の話だったの?」

茜が加勢すると、「そうよそうよ、何の話だったのぉ?」と啓太がオカマ言葉で言う。

櫂は答えない。すると、沙絵が代わりに手話で答えた。

「(……あのね、振られそうなんだって——)」

するとと翔平と啓太は「振られたの?!」と速攻でくいつき、茜は「どうして?」と興味津々の表情でたずねてきた。

「(なんでみんな手話わかんの?)」

沙絵は驚いて、茜をつついた。

「知らない。勉強したんじゃない?」

茜はそっけなく答え、すぐまた櫂を興味津々の目で見つめている。

「いつ振られたの?」

翔平がたずねると、茜が「あ、それ、違う」と割って入った。

「あのね、ちょっと微妙なんだけど、沙絵、こうやったでしょ? 振られた、じゃなくて、振られそう……。これが、振られそう、の、そう……っていう意味なの。英語で言うと、ing。現在進行形。過去形じゃないの」

茜の解説に、啓太と翔平が「振られそう」と口々に言いながら、手話を繰り返している。

「あのさ。みんなでやめてくんない? 振られたとか振られそうとか、何回も何回も」

櫂はそれを見て、さらにしょげている。三人はようやく櫂の落ち込みに気づいた。沙絵は櫂の方を見て、小さくゴメンと手で言った。

ピッ、と体育の教官が笛を吹いた。茜が合図を出すと、沙絵はタッタッ……と走って、あざやかに跳び箱を跳んだ。茜は手を叩いて、沙絵を迎えた。「(サンキュ)」と沙絵は手話で言った。

「しかし、ハタチ過ぎてまで跳び箱跳ぶとは思わなかったね」

茜が言った。

「(体育の単位落として卒業できない人ってけっこういるらしいから)」

茜がため息をついた。二人は少しずつ列を進みながらお喋《しゃべ》りに夢中になっている。

「ねえ、櫂くんはさ、振られちゃったら、沙絵んとこ来るのかな」

「(んー……私は櫂が悲しむの見たくないな……)」

沙絵は昨日の櫂の様子を思い出して、せつなくなった。

「(だから、振られないといいと思う……)」

「……そう」

「(だから、恋愛感情じゃないんだよ。たとえば、友情)」

「そうなのかな」

「(それに、私、恋はしないしね、もう……)」

沙絵は顔を曇らせた。茜が何か言おうとした時、教官が列をはずれている二人を注意した。茜は謝りながら、沙絵をせきたて、列に戻った。

『あなたの人生に私はいないの?』

真帆は言った。

その夜、櫂は部屋でひとり、考え込んでいた。

『こんなとこまで来ちゃった』

真帆はお守りを持って、近所まで来てくれた。櫂はそんな真帆が愛《いと》おしく、思わず抱きしめた――。

櫂は携帯電話を取ってから、壊れていることに気づいた。電話をかけない理由を得て、半分救われたような、もう半分ではやるせない気持ちだった。

翌日、櫂はリハビリセンターでのアルバイトを終えると、堺田教授の研究室を訪ねた。教授に頼んでいた専門学校の資料が揃ったと連絡を受けたのだ。

教授は櫂に言った。

「大学出て、専門学校に三年通って、そしたら、晴れて作業療法士資格試験が受けられる。国家試験です。作業療法士というのは、君もバイトしててわかってきたと思うが、大変な仕事だよ。病気や怪我をした人のリハビリを助けるのって」

「ええ、でも、社会福祉心理学をやったことが生かせると思うんです。ああいう人たちには精神的なケアがもっと必要です」

櫂は言った。

「そうだな、君がアルバイトで行ってるこの病院でも二年に一度は求人が出る。君が試験を受けるのはちょうどその年にあたるんだ」

教授に言われて、耀は少しうれしくなった。

「喜ぶのは早い。けっこう狭き門だよ。まあ、でも、僕もできるだけのことはしてあげようと思ってます」

「はい。がんばります」

耀はさっそく大学近くの書店に行き、資格のための関連書籍などを調べ始めた。


大学構内の中庭では沙絵と茜がおにぎりを食べていた。心地よい、初夏の陽気だ。茜はごはんを炊きすぎたと言って、沙絵の分までおにぎりを作ってきていた。

「(なんか……オレンジの会のみんな、何気に手話、覚えて来てるでしょ)」

沙絵が首を傾げた。

「ああ、手話……。そうだね、ラウンジでけっこう、みんな沙絵の言うことわかったり、手話使って話したりするもんね」

「(……同情?)」

「同情……」

「(……ボランティア?)」

「ボランティア……。うーん、なんか、遠いなあ、キャラクター的に、みんな」

「(じゃ、何?)」

「好きなんじゃない。みんな、沙絵のことが」

「(えっ?)」

「沙絵はみんなの姫だからさ」

「(……まさか)」

「ううん、沙絵は昔っからみんなの姫だもん。だからさ、みんな沙絵と話したいのよ。だから、手話覚えるのよ」

茜は明るく笑って沙絵を見た。沙絵はさびしそうに首を振っている。

「(私は、みんななんていらない。姫なんかじゃなくていい)」

「………?」

「(たった一人でいい。私を愛して、私のことだけ考えてくれて、死ぬ時は一緒に死んでくれて、悲しい時は一緒に悲しんでくれて、一緒に泣いてくれて、で、0・5秒、私より先に笑ってくれて、励ましてくれる人が欲しい……)」

「……それ、姫になるより百倍難しい」

「(……そうか……)」

沙絵は苦笑いした。

「そんな人、私も欲しいよ。あ、これ、もういいよね」

茜がお弁当箱を片づけていると、携帯が鳴った。

「あ、ちょっとゴメン」

「(彼氏だ)」

「違うわよ。っつーか、彼いないし――」

茜は沙絵をあしらいながら、電話に出た。

「はい、もしもし。あっ、はいはい！　あ、はい。わかりました。どうもありがとうございました。はい!!　では失礼いたします」

茜はプチッと電話を切って、しばし呆然《ぼうぜん》としている。

「(どうした？)」

「フフン」

「(何よお)」

「この前受けてた最終面接。……通った！」

にこにこしている茜に、沙絵はヤッターと身体ごと伝えて、一緒に喜んだ。

「ということで、茜ちゃんの就職合格を記念して、オレンジの会でキャンプに出掛けようと思います」

啓太がおごそかに切り出した。ラウンジにはいつものメンバーが集まっている。沙絵はにこにこ顔で聞いている。櫂は、仏頂面をしている。

「ここは一気に、就職決まってる人のお祝いを。えーっと、茜ちゃんと、俺。茜ちゃんと、俺。何度数えても茜ちゃんと俺――」

啓太がおどけた。

「でも、耀はさ。新しい人生に向かって歩み始めたわけだから」

翔平はちょっと茶化《ちゃか》し気味だが、励ました。

「そうか、じゃ、それもめでたいとして」

「めでたいとして、ってなんだよ。めでたいよ、しっかりきっちり」

耀は憤慨した。

「まあまあ。じゃあ、あと、決まってないのは、翔平と……」

啓太は沙絵に気づいて、ハッとした。

「(あ、私は難しいから)」

沙絵はくったくなく笑った。

「あ、俺も難しいから——。ま、でも、それはいいじゃん、行こうよ。キャンプ」

翔平がさりげなく言い、沙絵が「××」と手話で応《こた》えたが、翔平、耀、啓太は意味がわからない。茜が「賛成」の意味だと説明した。すると三人は「賛成」の手話を、覚えようと何度も繰り返している。沙絵はそれを見て悪い気はせず、楽しいとさえ思えるのだった。

沙絵はラウンジでみんなと別れると、ひとりで就職課を訪ねた。入口で何度もためらったけれど、やがて思い切って入ってみた。就職課のカウンターには学生たちが並んでいる。沙絵もそれについて並んだ。

沙絵の番がめぐってくると、就職課の中年の女性が言った。

「はい、カード書いてくれたかしら？　学部はどこ？」

沙絵は答えられない。前もって書いておいたメモを渡した。

『私は耳がほとんど聞こえません。だから喋ることもできません。就職の募集はありますか？』

「あなた、大変ね……」

職員は言った。明らかに哀れみの表情で沙絵を見ている。沙絵は覚悟はしてたものの、かじかんだ笑顔で応えていた。職員はファイルを沙絵に渡した。表紙には『障害者用求人』と書いてあった。


沙絵は学食のテーブルで、コピーしてもらったばかりの求人用紙を見ていた。どれも事務職ばかり……と憂鬱《ゆううつ》になっていると、トントンと机の前を叩《たた》く指がある。顔を上げると、櫂が立っている。

「いい、ここ？」

「(どうぞ)」

櫂は座るなり、がつがつとカレーを食べ始めた。

「(今頃ゴハン？)」

沙絵はたずねた。

「ん。今まで、バイトでメシ食うヒマなかった」

「(がんばってるね)」

沙絵は櫂を見て、自分も頑張ろうと思った。

「何見てんの? あ、求人票……。また急に」

「(茜がね、就職決まったら、急に焦って来たのよ)」

沙絵の求人コピーには、『障害者用』とスタンプが押してある。それを見て櫂は黙ってしまった。

「(あたしって、障害者だったんだ、と思って……)」

「……いいのあった?」

「(んーっ。事務とか、そういうの多いね)」

「…………。ピアノ弾かないの?」

「──────?」

「だって、ピアノやり始めたって、この前、ラウンジのノートに」

「(……趣味よ。音楽は、趣味。それより、彼女、真帆さんとどうなった?)」

「……がんばってるよ」

「──────?」

「俺が……だけどね。なんとか、ヨリもどしたいと思ってさ。ふさわしい自分になれるようにさ……」

「(最近がんばってるの、そのせいだ。大丈夫。きっと、櫂なら、大丈夫)」

燿はうれしそうに沙絵の手話を繰り返した。沙絵は大きくうなずいて、励ますように微笑んだ。

「どういう風の吹き回し？　やさしいじゃん」

「(たまにはね)」

沙絵は照れを隠すように、すましてみせた。


その夜、沙絵の母・ゆり子が帰宅すると、沙絵はピアノの練習をしているところだった。かなり熱心に弾いている。ゆり子は邪魔をしないように、ピアノのあるリビングを迂回《うかい》して、ダイニングに入った。

テーブルの上を見ると、沙絵が帰って来るなりドサッと置いたらしい、バッグやジャケットがある。ふと見ると、バッグから求人票のコピーが出ている。ゆり子は求人票を取り、せつなそうに沙絵を見つめた。


燿は携帯ショップで新しい携帯を受け取った。さっそく電源を入れると、真帆の番号を呼び出した。かけようかどうか迷っていたが、燿は心を決めると、コールをせずに歩き出した。

「燿くーん」と声がした。燿が振り向くと、真帆の住む街のオープンカフェに真帆がいた。

真帆の笑顔に、櫂は思わず顔がほころんだ。

「今、家に行こうとしたんだ」

「うちに？」

「電話通じなかったもんだから」

「…………」

「近くまで来たもんだから……」

「…………」

「ウソ。会いたかったんだ……」

櫂が言うが、真帆は無言のままだ。

「そこ、座っていい？」

「あ、待ち合わせなの。人が来るのよ」

真帆は慌てている。

「何時？」

「……1時」

「まだ20分もある。大丈夫、話、すぐ終わるから。俺もこれから学校なんだ」

櫂は真帆の前に座り、コーヒーを頼んだ。

「あれから考えたんだ」

櫂は切り出した。

「あ、そうだ。もしかして電話くれた？　携帯、こわれてたんだ」

「あ……してない……」

「……あ、そ。ま、いいや。あのね、俺、考えたんだけど、これからはちゃんと、俺の考えてることを伝えようと思ったんだ。ひとりで考えてるだけだから、不安にさせるんだろ？」

　櫂は明るく言ったが、真帆はうかない顔をしている。

「見て、これ」

　櫂は作業療法士の資格の申込書を出した。

「三年専門学校通って、この資格試験を受ける。それで、できたらなんだけど、今バイトしてる病院に作業療法士として取ってもらう。そのためにバイトしてるようなとこもあるんだ。そいで晴れて就職。そうなったら真帆と、結婚したい――」

　櫂は言いながら、ドキドキした。

「今まではこんな計画だけで、人を自分の人生に巻き込むのはいけないと思ってたんだ。でも、巻き込むわけじゃないもんな。真帆には真帆の人生があるわけだし、ふたりで一緒にやってくっていうか……」

「あれ……どうしたの？」

　櫂の一大発言に、真帆は何も反応しない。

「だって、櫂くん、私……」

「あ……この前のことだったら、俺、忘れるから。一時の気の迷いっていうか、子どもじゃないんだ。そういうこと、あると思うし……」

そこに、スーツ姿の男がやってきた。

「ごめんごめん。仕事長引いて……。あれ、誰?」

「結城耀くんよ……」

真帆が答えた。

「ああ、君が……」

男は言って、耀を値踏みするように見ている。

「あれ、かわいい……」

男はクスッと笑った。耀はそこでやっと、心にピンとくるものがあった。

「あ、僕、いや俺、失礼します――」

耀は席を立った。行きかけてから、戻って金を置いた。自分のスマートじゃない動作に落ち込みながら、立ち去った。

「待って……!」

真帆が追いかけてきて、耀の腕を取った。が、耀はそれを振り切った。

「電話しようと思ってたの。ちゃんと話さなきゃって――」

「今聞くよ。長い話じゃないんでしょ?……家に泊まった人って、今の人?」

「あ、でも、何もないのよ。泊まっただけ……」

「……それで」

「でも……。もう、彼が好きなの――」

「…………」

「櫂くんのこと、昔みたいに思えなくなっちゃった」

「……そう。わかった」

櫂は必死に平然を装った。

「こういうことは、お互いさまだから。どっちかだけ悪いってことは、ないから……」

櫂は、精いっぱい、大人な発言をした。そして、さわやかに握手をしようと手を差し出した。真帆は静かに手を差し出し、櫂の手に触れた。その瞬間、櫂は真帆の手が懐かしく、愛《いと》しく、思いがけず強く握ってしまった。

「……櫂くん、痛いよ……これ、握手じゃないよ……」

真帆は言って、泣きそうになっている。櫂は気持ちを振り切り、真帆の手を放した。もう二度と触れることはないかもしれない。

「……しあわせに」

そう言うのがやっとだった。

櫂が文学部のラウンジをのぞくと、オレンジの会のメンバーが揃っていた。啓太がキャンプ場のパンフレットを出しているところだった。「で、候補としてはこの軽井沢、西湖」

と旅行の場所を検討している。翔平は我関せず、燿から借りたマンガ誌を読みふけっている。

「ねえねえ、車で行くの？」

茜が話に乗ってきた。

「俺の車出せるよ。燿、レンタカー借りる？」

啓太が振ったが、燿はもの思いにふけっていて、聞いていない。

「燿？」

「あ、すまん。ちょっと、俺、煙草吸って来る」

「あ、これ、もう読んだから」

翔平が燿にマンガを返した。燿は受け取って、外に出た。

沙絵は燿の様子が気になり、さりげなくラウンジを抜け出して、あとを追った。沙絵はあたりをうかがいながら、ひょっひょっと歩いて行く。自販機やオープンテラスになったラウンジ横をのぞいてみたが、燿の姿はない。

語学の小教室をヒョイッとのぞくと、マンガを読んでいる燿の後ろ姿が見えた。クックッと肩がふるえている。沙絵はそろりそろりと近寄り、後ろからドンッと肩を叩《たた》いた。

燿が振り向いた。

「――――！」

沙絵は驚いた。櫂は、泣いていたのだ――。

「(あっ……ゴメン。私、聞こえないもんだから、てっきり笑ってるのかと……)」

沙絵は焦って、言い訳した。

「最初笑ってたんだけど、泣けて来た」

「(えっ、どのマンガ? 『バガボンド』? とうとう死んじゃった? タケゾー。あ、それじゃ最終回になっちゃうね)」

沙絵はマンガを取り、矢継ぎ早に手話を続けた。

「……そうじゃなくて、振られた」

「(えっ、誰が誰に?)」

沙絵は知らんぷりをして、マンガをめくった。

「……いいよ、もう。見られたんだから」

「(ごめん……。見ちゃった)」

沙絵はポケットティッシュを渡した。テレクラの広告がついている。櫂は受け取って涙を拭《ふ》こうとしながら、「お前、女の子なんだから、こういうのもらうなよ……」とボソッとつぶやいた。

「(えっ?)」

「いいけど……」

櫂は涙を拭き、気を持ち直そうとしている。

沙絵はそれを見て、部屋を出て行こうとした。

「あ、行くの？」

「（えっ、いた方がいいの？）」

「どっちでもいいかな」

「（……なによ、それ。じゃ、なんかあったかいもん買って来る）」

沙絵は自販機でコーヒーを買って戻ると、耀にカップを渡した。

「俺だってがんばったんだ――」

耀はカップを受け取りながら、沙絵に見えないように、つぶやいた。

「あっちが年上だから一生懸命、大人ぶった……」

耀の目に涙があふれてきた。沙絵はそっと耀を抱いた。耀はされるままになっている。

「……今の、何喋《しゃべ》ったかわかったの？」

耀は言った。沙絵は耀に腕を回したまま、耀の目の前で手話をした。

「（わかんないけど、だいたい。言葉はわからないけど、気持ちはわかるし）」

沙絵は「気持ち」というところで、ふっと、耀の胸に手を当てた。そして、その手で、耀を抱いた。

「俺、カッコわりーな。女の前で泣いてるよ」

「（私？）」

「ああ」

「(いいじゃん、私たち、カッコ悪い者どうし……)」

耀が、少し、顔を離して聞いた。

「俺ってかわいい?」

「(……自慢? ノロケ?)」

「いや、彼氏がさ。真帆の新しい男が、俺見て、かわいいって……」

「(…………。かわいくないよ)」

「…………」

「(かっこいいよ)」

沙絵はまた静かに耀を抱いた。

「……さっき、カッコ悪い者どうしって言わなかったか?」

耀はボソッとつぶやいたが、沙絵にはわからない。

「ま、いいや、聞こえねーし」

耀は穏やかな気持ちで、沙絵に抱かれていた。


ワゴン車が道路を走っていく。ルーフには赤い自転車。運転は耀が担当している。後ろの席では、ステレオから流れるオレンジレンジの『上海ハニー』にのって、茜と啓太が完《かん》璧《ぺき》に手話をつけて歌っている。踊りのように鮮やかな手振りで、沙絵は驚いて見ている。「ここは、創作ね」と言いながら、茜がラップのところに手話をつけている。沙絵は「(私も)」と歌詞カードを取り、二人に合わせて手話で加わった。

「――!　聞こえるの?」

啓太が驚く。

「(みんなの動きでリズムは取れるし、高音部は少し聞こえるの)」

「私たちの動き見てて、リズムは取れるし、あと、高音部、ギターの高い音とかは少し聞こえるのよ、沙絵」

茜が言った。翔平はひとり渋く窓の外を見ている。沙絵はトントンと翔平を呼んで「(一緒に歌おう)」と歌詞カードを渡す。翔平は仕方ねーなと歌詞カードを取って、「わりーけど、俺、歌うまいよ」と歌い出した。燿は必死でカーナビ見つつ運転している。

「うるせーよ、お前ら……ここどこだよ。どっちだよ、これ。ま、いいか」

燿はアクセルを踏み、ヤケクソになって自分も歌い始めた。

曲が終わると、啓太が「はい、拍手ー」とうながし、みんなでパチパチパチパチ!　茜が「はい、手話で拍手ー」と言うと、みんな、両手をひらひらさせるのだった。燿もハンドルを放してひらひらさせている。助手席の沙絵はびっくりして、思わずハンドルを握った。車は一瞬ぐわんと揺れたが、なんとか進んでいくのだった。「はい、沙絵に拍手ー」と燿が言い、みな、パチパチパチパチ!　沙絵は呆《あき》れながらも楽しそうだった。

キャンプ場に着くと、燿は沙絵の自転車を下ろし、啓太はさっそく川に入ってはしゃぎながら、夕食用の野菜などを洗い出した。翔平がフリスビーを飛ばすと、沙絵は笑顔でそれを追った。

　櫂は洗った食材を運んでいる。「ほら、そこのふたり。遊んでんじゃねー」などなど注意しながら、バーベキューの用意をしていく。

「練習したの？　あれ」

　櫂は啓太にたずねた。

「ああ、上海ハニー。歌詞カード見ながら、沙絵ちゃんの前で手話で歌ってやろうって」

「へえ……。いい感じじゃん。ふたりで練習したんだろ？」

「ああ、なんか、こう、意外とナチュラルに仲良くなっていきつつあってさ。茜ちゃんと」

「おお」

「このままだと、告白するタイミングをなくしそうだ」

　啓太は心なしか淋《さび》しそうである。

「気がつくと、啓太くんはいい人っていうポジションにすっぽりはまりこんでしまいそうな気がするんだ。……と言うか、もうはまりこんでてだなあ。そこにはまったら、二度と抜け出せないんだ。いい人なんだけど……。何度聞いたかこの言葉」

「いい人なんだけど……」

　櫂は繰り返した。

「なんで、いい人なんだからつきあうって、そういう流れはないのかな」

「ああ、そうだよなあ……。なんかさ、三十五過ぎたら見合いとかだと、あんじゃない？いい人だから、まっいいか。結婚するか、とか」

燿が励ますと、「俺のデビューは三十五か……」と、啓太は遠い目になっている。

茜はキャンプ場の水道で色とりどりの洗い終わった野菜をかごに乗せ、歩いてきた。背後に夕焼けを従えて、茜の姿が美しく浮かび上がっている。カシャッ、と翔平がカメラのシャッターを押した。茜は驚いてカメラの方を見た。翔平はカメラから顔を外して、にこっとする。茜は顔をこわばらせたまま、その脇を通り過ぎて行く。翔平はふうっとため息をついた。

「ジャンケンポン！」

「あ、啓太、鬼ー！」と燿が叫び、みんな、キャーッと言いながら逃げ始めた。啓太は空き缶を踏んで、数え始める。「1、2、3……」啓太の声が聞こえる。沙絵は近くの岩陰に隠れた。10まで数え終わると、啓太はおもむろに捜しに出た。

ヒュンと沙絵の脇に小石が飛んで来た。沙絵は気がつかない。もう一度、ヒュンと飛んでくる。少し離れた岩陰に隠れている燿が、小石を投げたのだ。

「(何？)」

「(スカート、見えてる)」

沙絵は隠そうとするがうまく隠せない。岩が小さすぎて見えてしまう。「(そっち行っていい？）」と沙絵は手話で聞いた。

「（えっ……。いいけど、ちょっと待って）」

櫂は啓太の動きを見て「（今だ！）」と合図した。沙絵はダッと走って、櫂の側に駆け込んだ。勢いが余って、櫂の方に倒れ込む。櫂はややドキッとするが、すぐポーカーフェイスを装った。「（こういう時便利だね。手話）」と言いながら、沙絵もドギマギしている。

次は翔平が鬼になった。翔平は木の後ろに隠れている茜を見つけた。翔平は黙ってそのまま行く。茜が見逃してくれるのかと思っていると、翔平はフェイントでサッと缶の方へ走った。茜は焦って走った。翔平は茜が来るギリギリのところで、缶を足で押さえた。

「茜ちゃん、みっけ……」

にやつく翔平に、茜はムスッとしている。木陰の啓太は「今行くからね、茜ちゃん……」とつぶやいた。翔平は再びあたりをうかがっている。

沙絵は話し出した。

「（ねえ……私のため？）」

「（何が）」

「（こういうのさ、私なかったの。ずーっとなかった。こういうなんか、いかにも青春みたいなやつ。耳、聞こえないしさ。私とつきあうの面倒じゃん。……でも、今、楽しくて）」

沙絵の手話を、櫂は静かに見ている。

「（私のため？　私に思い出作ってくれてるの？　同情？）」

「（……いや。俺も楽しいし）」

　櫂はフッーに本心で答えた。

「（それに、白状すると、俺もこういう青春っぽいの初めて――。お、チャーンス！）」

　櫂が子どもみたいに顔を輝かせた。翔平が啓太を見つけたのだ。櫂はダッと走り出て、思いっきり缶を蹴《け》った。

　カーンと音を立てて、空き缶は夕焼けに大きく弧を描いて飛んでいった。


　食事のあと、キャンプファイヤーを囲んだ。炎がパチパチと音を立てて燃えている。お酒を飲んだりしながら、まったりした空気になっている。そんな中で、啓太が話し始めた。

「俺さ、案外ロマンチストじゃん。物語が好きでさ。ストーリーとか愛しててさ。白状すると、自分で書いてみたこともあったんだ。でも、もちろんそんな才能なくて……すぐ、あきらめた」

　啓太の話を、櫂と茜が沙絵に手話で訳そうとしている。「（どっちかでいいよ）」と沙絵が言い、茜がそのまま啓太の話を沙絵に訳していく。

「そいで、実家の結婚式場継ごうと思ったんだ」

　翔平がたずねた。

「うん。俺、思ったんだ。そんなに才能なくてもさ、自分だけのささやかな物語を、人生の中で作れればいいって……」

　みな、それぞれの思いで真剣に聞いていた。茜は聞き入ってしまい、手話がおろそかになっている。櫂はちょんちょんと茜を叩《たた》いて、俺が替わると手話で言う。「(いいの。俺、何度も聞いてるから)」と櫂が笑って沙絵に手話で伝えた。沙絵はクスッと笑った。

「——平凡に勤めて、少しでも人の役に立って、食べてけるだけのお金稼いで、かわいい奥さんと、子どもがいるんだ。……ありふれたどこにでもある風景かもしれないけど……、俺が最後まで死ぬまで、ちゃんと生きれば、家族を守って、愛して、生きれば、それは、俺にとってはかけがえのない、俺だけの物語になると思うんだ——」

　啓太は夢を語った。

「そりゃ、どっかの偉人伝みたいに、たくさんの人が耳傾けるような話でもなきゃ、後世に語り継がれるような物語でもないけどさ。でも、それはたった一つのさ、かけがえのない物語なんだ……。それが、俺の夢……。つまんねー夢だけど」

「つまんなくないよ」

　翔平は言った。そんな啓太を好ましく見ている。

「……啓太くん……」

　茜が言った。

「ほんとうに、いい人なんだね」

　茜の言葉に、啓太がハッとしている。

「本当に本当にいい人なんだね」

茜は、ただ、心を込めて言ってるだけなのだが、啓太は思わず櫂の方を見た。櫂もわかって啓太を見る。二人の間を『いい人』というキーワードがこだました。

「やっぱり、そこに続く言葉は、いい人だけど……」

啓太はボソボソつぶやきながら、落ち込んでいる。

「いや、何でもない。お代わりもらえる？」

啓太は茜にグラスを差し出した。


パチンッ、と櫂が自分の足を叩いた。男子チームのバンガローの中では、櫂はぶよを追って、机に向かっている啓太の腕を叩いていた。「あっ！」と啓太のボールペンがずれ、紙が破れる。

「ごめん。でもほら、今、ぶよが——」と櫂が言うが、「ああっ、もうっ」と啓太は破れた紙を見て絶望気味だ。「えっ、お前まだそれ書いてんの？」と、櫂が言いかけた時、コンコンとノックの音がした。櫂が出ると、沙絵が立っていた。

「何？　夜這《よば》い？」

「（あのね……。虫除《よ》け持ってない？　蚊みたいの、いるの）」

「ぶよだよ」

櫂は中に戻って、財布を取り、沙絵の自転車で、近くのコンビニに虫除けを買いに行くことにした。だが、自転車が見当たらない。

「どこだよ、自転車」

「(えーっ、お酒買いに行って、そいでここ置いたと思ったんだけどな……)」

ふたりは自転車を探して、キャンプ場を右往左往した。


その頃、茜は男子バンガローを訪ねていた。翔平が出てきて、茜は意識して、身を固くした。

「沙絵ちゃんなら、櫂とコンビニ行ったけど」

「そうじゃなくて――」

茜は言いにくそうにもじもじしている。

「あの……ここ、部屋にトイレついてないじゃない」

「あ、水飲み場の向こうにあるよ」

「うん、知ってる。そいでそこ行きたいんだけど……。水飲み場の前あたりに、なんかちょっとこわそうな男の子たちがたむろしてて、行けないのよ」

茜が言うと、翔平は、ああ、と靴を履きかけた。

「あ、そうじゃなくて」

「え？　ついて来いっちゅーんじゃないの？」

「……そうなんだけど、櫂くん、いないんだよね。だったら、できれば、啓太くんに」

「あ、俺じゃなく」

「そう」

「あいよっ」

翔平は憮然《ぶぜん》として、啓太を呼んだ。が、啓太は書くのに熱中していて、「うるさい」と一蹴《いっしゅう》した。

「今、なんだか取り込み中だって。いいだろ、俺でも」

翔平は戻って靴を履いた。茜は仕方なく、翔平のあとについてトイレに向かった。ガラの悪そうな少年たちがヒューヒューとか言ってはやしたてる。翔平はさっと茜の肩を抱いて、毅然《きぜん》と通り抜けていく。茜は肩を抱かれながら、内心ドキドキしている。

「お待たせっ」茜はトイレから出ると言った。「遅いよ、大きい方？」と翔平がからかう。

「違うわよっ」と茜はムキになった。

「冗談だよ。ちゃんと手洗った？」

「洗いました」

茜はふくれっ面で、さっさと歩いて行こうとする。

「ちょっと待った。やめとこ。違う方から帰ろ」

「えっ？」

「あいつら、からむ気だから――」

その頃、糴と沙絵はまだ自転車を捜していた。

「(野菜洗った後はここ来たのよね。でも、ないよ、ここも)」

沙絵は首を傾げている。

「暗くて手話見えないよ。何?」

「(むっかぁ)」

「まっ、いいか。歩いて行くべ」

「(だめだよ。そういう問題じゃなくて、あの自転車高かったの。ちゃんと、一緒に捜して!!)」

「わかったけど、なんで俺が怒られるの?」

「(――。何ででしょう)」

結局、女子バンガローの近くに沙絵の赤い自転車はあった。糴はやや疲れている。

「(そうだった、ボート乗って釣りやって、ここに置いたんだった。思い出したよ)」

「楽しかったよ。キャンプ場、一周、散歩できて」

糴はイヤミっぽく言って、沙絵の自転車のストッパーを外そうとした。

「うわっ、懐かしい。こういうの俺も高校の時とか使ってたな」

ストッパーには数字合わせの鍵《かぎ》がつけてある。

「俺、最後にこういうのがカチャッと外れる時、好きなの。何番?」

「(621……)」

「６２１……。最後は？」

「（当ててみて）」

「………。いいよ、当たったらどうする？　なんか賭《か》けようよ。何にする？」

「（そうだな……。もし、当たったら、私たち、つきあう——）」

沙絵は真顔で言った。

「（どう？）」

「……恋人どうしってこと？」

沙絵はこくりとうなずいた。

「わかった。じゃあ、何かヒント」

「（偶数）」

沙絵は櫂を見つめた。


茜は翔平と一緒に暗い道を歩いていた。暗い上に足場が悪い。茜は足を滑らせ、転んだ。

「だから、手つなごうって言っただろ」と、翔平はやれやれという顔をした。

「だって、なんか、変なこと考えてるもの」

「自意識過剰。ほら」

翔平がすっと手を差し出した。「いらない」と、茜は自分で立ち上がろうとして、バランスを崩し、ズボッと溝に足がはまってしまった。

「助けて……」

茜は動揺しているが、冷静を装ってお願いした。

「誰に言ってんの?」

「神様……」

「あんたねえ……」

翔平は呆《あき》れたように言いつつ、茜に手をさしのべた。


燿は、自転車のチェーンキーの番号を考えていた。

「最後は……4」

燿が選ぶと、沙絵はとぼけたように微笑んでいる。燿が残りの目盛りを4に合わせたが、チェーンは外れない。

「(はずれ。8でした)」

沙絵がしゃがんで8に合わせると、カチッと鍵が外れた。「(乗っけてよ)」と沙絵はうながした。「えーっ、重いべ」と言いながら、燿はふたり乗りのペダルを漕《こ》ぎだした。

月明かりの下、沙絵は燿の背中を見ながら、思っていた。

*

ヒント。偶数。私たちがつきあうのは5分の1の確率だった。いい線だと思う。あの時、私が、ヒント7の次の数。と言えば、私たちは、つきあえたわけだけど、即座にそんなことが浮かぶほど私は頭もよくなく、こざかしくもなく、……かわいくもなく……。

＊

櫂は漕ぎながら、思っていた。

＊

危うい僕たちは、どこに行くかわからず。うまくハンドルも切れず、でも、笑いながら、はしゃぎながら、ちょっとこわがりながらもとにかく、前に進んでいく。

＊

その頃、男子バンガローでは啓太がボールペンを置いて雄叫《おたけ》びをあげていた。

「できたーっ!! できたぞ。名文。名ラブレター!! あとは渡すだけだ!! 茜ちゃん、ラーブ!! 櫂ー。翔平ー」

呼んでみたが、返事がない。

「あれ、ふたりともどこ行ったの？」

啓太はひとり、取り残されていた。

6

なんとか薬屋に辿《たど》りつき、櫂は虫除《よ》けスプレーを買った。支払いの時、レジ近くの避妊具に気がつき、何げに目を逸《そ》らそうとしていると、女の子が来て「ねえー、ほらぁ」とコンドームを手に取り、彼氏といちゃついている。櫂はいたたまれなく、赤面した。

帰り道、月明かりが自転車で行くふたりをやさしく照らしている。

「ちゃんとつかまってろよ」

櫂は後ろの沙絵に言った。

「あ、聞こえないんだった……」

櫂がつぶやくと、沙絵は後ろから櫂のわき腹をコチョコチョくすぐってくる。

「うわっ、やめて。やめろ！　マジで!!　うわっ」

櫂はハンドルを切りそこね、自転車は転倒した。

「あんたねえ……」

「(すんません……)」

ふたりは道に放り出され、うなだれた。

その頃、茜は暗い道を歩いていた。仕方なく翔平と手をつなぎ、やや後ろを行く。キャンプ場に戻ると、翔平は茜の足の手当てを始めた。

「病院行けよ、足」

翔平はうずくまり、茜の足をていねいに水で冷やしたハンカチで拭《ふ》いた。

「たいしたことないよ……」

茜は照れもあって、そっぽを向いてしまう。

「行っとけ。ウチの妹みたいになったら困るから」

翔平は真剣に言う。

「……足。事故か何か？　妹さん……」

茜は、アパートを訪ねた時に会ったあゆみのことを思い出した。

「母親追っかけて事故った――」

「え……？」

「ウチの母親男ぐせ悪くてさ、家にも帰って来やしねえ。その母親がさ、男んとこ行くの追っかけて事故ったんだ――」

翔平は一瞬悔しそうに顔をゆがめたが、すぐに茶化《ちゃか》したような笑顔になった。

「なんてね。こういう話すると、女の子ひっかかるの。母性本能くすぐられるーっとか言ってね」

「ウソだよ。その話、ホントでしょ。だって、翔平くん、あの妹さんのこと、そんなふうに使うはずないもの。女の子口説くために、そんなふうに言うわけないもん」茜は素直に翔平の背におぶさった。

茜は怒ったように言う。翔平は手当てを終えて、後ろ向きにかがんだ。

「痛い？」

「痛くない」

お互いに、照れがあって、小さい声でやりとりする。

「痛くないかって聞いてる……！」

「痛くないって答えてる！」

今度は大声で言い合った。ふたりはなんだかおかしくなって、思いっきり笑った。

「ありがと、ここでいいよ」

茜がバンガローの前で言った。静寂の中、虫の声が聞こえてくる。翔平は茜を下ろすと、そのままスッと腕をつかみ、身体を引き寄せた。茜は抱きしめられながら「やめてよ……」とか細く言って、突き放した。

「やめてよ！　私、そんな軽くないのよ!!」

「……ああ。ごめん」

翔平はおやすみ……と踵《きびす》を返した。

「どこ行くの？」

「ちょっと、その辺散歩。頭、冷やして来る」

茜は見送りながら、追いたい気持ちを抑えていた。

翌日、キャンプ旅行は大学のラウンジで解散になった。啓太がかかったお金を計算し、精算していると、いっせいにみんなの携帯が鳴り始めた。びっくりしながら、それぞれに携帯を見ると、櫂からメールが届いている。『いたずらメールとか多いんで、メールアドレス変更しました。よろしく——』

「オレンジカイアットマーク……」

茜がメールアドレスを読んだ。

「ま、せっかくオレンジの会だし。俺、名前櫂だし」

「(だっさい)」と沙絵が突っ込んだが、櫂は「ええっと、あと、バンガロー代ね」と取り合わない。

「(ちょっと無視しないでよ)」

「じゃ、お前のメアドはどうなんだよ。ださくねーのかよ。なんだっけか、いい歳して、サエポン、なんたらかんたら……」

櫂は沙絵の携帯を見ようとし、沙絵が慌ててやめさせようとする。翔平はそんなやりとりを、笑顔でながめている。そんな翔平を茜は自分でも気がつかないうちに目で追っていた。翔平が視線に気づくと、茜はツンと目を逸らした。

「はいはい、いいから精算の続きね……」

カップルたちのBGMのように啓太がブツブツ言うのだった。

「事務。パソコン……データ入力。こっちはパン工場、か……」

ゆり子は沙絵が就職課からコピーしてきた求人票を見てため息をついていた。と、そこに沙絵が帰ってきた。ゆり子は慌てて片付けようとしたが、その手にはまだ求人票のコピーがある……。

「(私の机から出して来たの?)」

沙絵は顔をこわばらせた。

「そこの机の上に置いてあったわよ。見られて困るものなら、ちゃんと引出しん中しまっときなさい」

「(別に見られて困るわけじゃないけど……)」

沙絵は言いながら、上着を脱いだ。

「ねえ、この前も言ったけど、焦ることないのよ。ずっと家にいてもいいんだし」

ゆり子は話しかけた。

「だって、これ、あなた……やりたい仕事ある? この中で。あっ、それなら、ママのマネージャーやってくれてもいいわよ」

「(耳聞こえないのよ。電話も取れないでどうやってマネージャーやるのよ)」

沙絵はついカッとなってから、「(ゴメン……)」と詫《わ》びた。母の気持ちはありがたいが、どうにも進めない自分を、自分でも持てあましていた。

翔平は撮影スタジオのテーブルで、昼食のパンを食べながら、キャンプの時の写真を袋から出してながめていた。けっこううまく撮れている。そこに、カメラマンの岩崎がやってきて、「おお、いい写真じゃないか」と手に取った。

「え、そうですか？　遊びで撮ったやつで」

「いや、なかなかいいよ」

「ありがとうございますっ」

翔平は軽快に撮影準備に戻っていった。

沙絵は夕暮れの構内を歩いていた。就職課を訪ねたものの、成果はなく、どうにも元気が出ない。中庭のあちこちに楽器の練習をしている人たちが見える。

櫂が沙絵に気づき、後ろから「沙絵」と呼んでみた。その時、沙絵はふわりと何かを感じたように櫂の方を向いた。櫂はにっこりした。

「なんか聞こえるような気がして呼びかけてみた」

「(聞こえないけど……気配)」

「以心伝心！」

「(そんな……、心通じ合ってるようなこと言わないでよ)」

沙絵はつれない調子で歩いていく。櫂はあとを追いかけた。

「自転車は？」

「(乗る気分じゃないの)」

「元気ないよ。どうかした？」

「(……就職課行った)」

沙絵は顔を曇らせた。

「(現実は厳しい……。みんな、仕事ってどうやって選ぶんだろ——)」

ふたりは、文学部ラウンジ横のオープンテラスで、夕焼けを見ながら缶コーヒーを飲んだ。

「(たとえばね、たとえば、私は、夕焼けが綺麗《きれい》だった、くらいで生きていてよかったと思えないのよ)」

「どういう意味？」

沙絵は話し始めた。

「(だから、ただ、お金を稼ぐために、生活するためだけに働いて、その帰り道、夕焼けが出てたとするでしょ？　ああ、夕焼け綺麗だー、今日もいい一日だった、とは思えないってことよ)」

沙絵の言わんとすることは、なんとなく櫂にも伝わった。

「(啓太くんだって……。啓太くんだって、キャンプの時、言ってたけど、小説書きたいんだったら書いてみたらいいと思う。書けばいいと思う。私みたいに……障害……があるわけじゃないし。なんで、諦《あきら》めちゃうの？）」

「……啓太は平凡な人生でしあわせなんだよ」

　櫂はきびしい表情で言った。

「（私を責めてるの？）」

「違うよ」

「（耳も聞こえないくせにぜいたくだ、と思ってるの？）」

「――違うって！」

　櫂は声を荒らげた。沙絵は櫂の剣幕に驚いている。

「啓太は……障害もないけど、才能もないんだ――」

　櫂は言った。

「ねえ、誰もが小説家になれるわけじゃないんだ。そいで小説家にならなくてもしあわせなやつもいるんだよ。夕焼けが綺麗なだけで充分しあわせな気分になるやつもいるんだよ」

「（……わかるけど）」

「でも、沙絵はそうじゃない。見ててわかるよ」

　櫂は沙絵の方を見てかすかに笑った。

「沙絵は、何をやってたら、生きててよかったと思えるの？　何やってたら生きてるって思える？」

「（……音楽）」

沙絵は迷いなく、しかし、つらそうに答えた。

「（あなたに言われていろいろやってみたけど、試してみたけど、それ以外見つからない）」

「――ピアノ、弾こうよ」

「（え……）」

「打楽器……。ピアノがあるじゃないか」

「（…………。私のピアノ聞いたことないじゃない）」

「けっこうな腕だって聞いたよ」

「（……誰に？）」

「お母さんに――。高音部は少しは聞こえるから、ピアノだったらものになるかもしれないって。お母さんから電話もらったんだ」

櫂は訳を話したが、沙絵はすっかりカチンときて、立ち去ろうとしている。

「待って。怒らないで。心配してる。君をすごく心配してる。考えてもみて。四年前にほとんど聴覚をなくした君はすごくショックだったかもしれない。ショックだったと思う。君だけど、お母さんだってショックだったんだ。それはものすごくショックだったんだ。君以上かもしれない。できるなら、娘と代わってやりたいって思ったかもしれない――」

「（それも、ママがしゃべったの）」

「いや……。でも、たいていの親はそういうもんだと思うから」

「（……できるなら、代わってやりたいって、何度も何度も泣いたわ、お母さん、あの頃）」

沙絵はうつむいた。

「だから、心配してるんだ。電話のこと、内緒にするって約束したんだ、俺――」

「（ダメじゃん、しゃべっちゃって）」

沙絵はふっと笑った。櫂は沙絵の笑顔を見て、安心したように微笑んだ。が、すぐに真顔になった。

「まだ一敗だ。一回負けただけだ。バイオリンで一敗。でも、ピアノがんばって、うまくいったら一勝一敗になる」

「（私、相撲取りじゃないわよ）」

「茶化《ちゃか》さないで。二連敗になるのがこわい？」

沙絵はうつむいて答えない。

「俺だってこわかったんだ。就職蹴《け》って、進路変えるの。あのあと、親説得するのも大変だった。……でも、俺が踏み出せたのは、沙絵のおかげなんだよ」

「…………」

「沙絵ががんばってんの見て、俺もがんばれた。――な、俺たち今、がんばりどころだと思うんだよ。がんばろうよ」

　耀が励ますと、ややあって、沙絵の顔にふわっと笑みが広がった。

「(わかった)」

　沙絵は大きな瞳《ひとみ》で耀を見つめて微笑んでいる。

「(ホント？)」

　耀は手話で返しながら、沙絵につられて笑っていた。

　あたりはオレンジ色の夕焼けに染まり始め、ふたりの間には穏やかな空気が広がっていた。


　沙絵が本屋の店頭でアルバイト情報誌を手に取った時、向こうの方から手を振る啓太に気がついた。沙絵はあわてて情報誌を戻した。「偶然！」と啓太はやってきた。

「あのさ、ちょっといい？」

「――――？」

　沙絵はル・リストに連れて行かれ、茜につき合っている人がいるかとたずねられた。

「(いや、今、フリーだと思うけど。あ……手話、わかる？)」

「わかる。テレビの手話講座で勉強したもん」

「(あ……、あの講師の先生がスケベそうなやつ)」

「……うん、まあ。そうか、フリーなんだ、茜ちゃん」

啓太はにこにこしている。沙絵も一応合わせて、にこにこする。

「(俺、どうかな)」

啓太は言った。沙絵は黙ってしまう。

「あ、何か、今の手話、おかしかった?」

「(いや、そうじゃなくて。どうだろう……)」

沙絵の困惑に啓太は気がつかない。「ちょっと、読んでみてくれないかな」と、カバンの中から分厚い原稿用紙を取りだした。

「ラブレターなんだ」

沙絵は受け取ったものの、気が重い。カランとドアが開き櫂が入ってきた。

「(櫂、こっちこっち!!)」

沙絵は救われた思いで、にこにこ手招きする。

「なんだよ、来てたんだ。お前らも」

「(ごめーん。私、これから授業。はい、これ、バトンタッチ……)」

沙絵は原稿用紙の束を櫂に渡して去っていく。束を渡された櫂は取り残された。

「どう?」

「とりあえず、長いんじゃない……?」

沙絵は求人情報誌を見ながらピアノ奏者募集のものに丸印をつけていく。文房具屋で、履歴書を買った。レジのおばさんが値段を言ったが、沙絵にはわからない。仕方なく、千円札を出すと、「こまかいのないかねえ……」とおばさんはレジの中からお釣りを出した。沙絵はぐっと我慢した。


沙絵は帰宅して、母にピアノレッスンをしてほしいと頼んだ。

「何たくらんでるのかなー?」

ゆり子は探るが、沙絵はしらばっくれている。

「ま、いいけど。ママ、スパルタだよ」

そうして、レッスンが始まった。沙絵は頑張って、どんどん勘を取り戻していく。

「うん、いい感じいい感じ。そこ、大事に大事に丁寧にね……」

沙絵は指示にうなずきながら、華やいだ気持ちでピアノに向かっていた。


母が仕事に出かけた後、沙絵はピアノの前で深呼吸した。MDの録音ボタンを押し、ピアノを弾き始める。何度も間違えながら、生まれて初めて履歴書も書いた。そうして、情報誌で見つけた求人先を訪ね始めた。

デパートの一階のグランドピアノの前。沙絵はノートを担当者に見せる。

『そちらの求人があるのを情報誌で見ました。私は耳が不自由ですが、ピアノが弾けます。採用していただくの難しいでしょうか?』

沙絵は履歴書とMDを渡そうとしたが、採用担当者は首を横に振った。続いて、飲食店を訪ねたが、「ウチじゃ、ちょっと……」と断られた。

黄昏《たそがれ》の橋の上で沙絵はメモしたバイト先の候補を、次々とペンで消していく。自分の演奏を録音したMDをバッグから取りだした。何か、ゴミのような気がして、川に投げ捨てようかと思ったりする。が、橋の向こうに見える綺麗《きれい》な夕焼けを見て、沙絵は櫂の言葉を思い出した。

『沙絵が……がんばってるの見て、俺もがんばれた……』

沙絵はがんばって涙をこらえた。

『俺だってこわかった……。でも、俺が踏み出せたのは、沙絵のおかげ――』

沙絵はMDをバッグの中にまた収め、携帯を出して、メールを打とうと櫂のアドレスを出した。が、思いとどまり、リセットした。

沙絵はあと一つだけ残っている求人先に向かった。

「すみませんね。今、責任者がいないんですよ……」

東京ドームホテルの人事担当者は言った。沙絵は体よく断られたのだと察知したが、とりあえずMDと履歴書を渡した。

「……ああ、じゃ、一応、お預かりします。何かあったらこちらから、連絡しますから」

沙絵はうなずいてしょんぼりと歩き出した。

「あ、待って」

担当者が追いかけてきた。

「この履歴書、ホント？　ニューヨークのジュリアーノに留学してたって……」

沙絵は怪訝《けげん》な顔で、はい……とうなずいた。


燿が大学図書館で作業療法士の勉強をしていると、携帯メールが着信した。

『燿くん、燿くん、応答せよ。沙絵』とある。『何？』と返すと、『今、暇？』と来た。

『暇だったら何？』

『学食来て』

『奢《おご》ってね、コーヒー』と打って駆けつけると、沙絵は学食のテーブルで大きく手を振っていた。

「勉強中だったんだぞ」

「（何の？）」

「作業療法士の受験勉強中」

「（×××）」

「……今の、手話の意味は？」

『あ、そう』と沙絵は携帯で打ってよこす。

「あ、そう……人の勉強中に呼び出しといて、あ、そう」

燿は今覚えた手話をさっそく沙絵に返した。

「(……誠に申し訳ない。どうやってお詫びしていいか、お詫びのしようもない。——フルコース奢るわよ）」

「学食のフルコースって何？」

茜と啓太が学食を覗《のぞ》いて、仲よさげなふたりに気づいた。

「ちょっと、ふたりがいいんだ」

啓太は茜をカフェに誘った。

茜は楽しそうなふたりをチラッと見ながらホッとした笑顔で出て行く。

「あんなふうにね、楽しそうにいきいきと手話で話す沙絵、最近なのよ」

「えっ？」

「櫂くんに出会ってから。それまでは、いつも手が遠慮がちでね、ああ、人に見られるの、やなんだなあ、と思ってた」

「ああ、手話やってるとこ？」

「うん……」

「……あのふたりは、つき合うのかな」

「……どうかな。沙絵、あれでもそういうことにすごく臆病《おくびょう》になってるから」

「何かあったの？」

「あ……前に、ちょっとね……」

茜は言葉をにごした。

「東京ドームホテル……！」

櫂は叫んでいた。

「（知ってる？）」

「もちろん、知ってるよ。そこで、弾けるの？　ピアノ」

「（ううん、まだわかんない。でも、聞いてくれるんだって私のピアノ）」

「すげーじゃん」

「（うん。いや、うまくいけばね）」

沙絵はにっこりする。

「うまくいくといいね。いつ、試験」

「（えーっとね、あさっての夕方6時から。あ、ね？　これ、誰にも内緒ね。オレンジの会の人にも茜にも。ママにも。心配するから）」

「わかった。了解」

茜と啓太は向かい合って座っている。茜は啓太から渡された束の紙を読んでいる。啓太はうつむきかげんで、ドキドキしながら審判を待っている。

「へーっ、面白い切り口ね」

茜は言った。

「こういうアプローチもあるんだ。私もローレンス好きで、けっこういろんな文献読んでるけど……」

啓太はハタと気づいた。

「ごめん、それ卒論だった。こっちこっちこっちこっち……。こっちが、その……なんというか……ラブ……レター……」

あ……と茜は小さい声をあげて、受け取った。が、啓太はすぐさま奪い返してしまった。

「あ、でも、いい。まあ、いい。それはいい。読まなくても、いい」

「読まなくて……いいの？」

「……書いてあることは、そこに書いてあることは、ひとことで言うと、好きだってそういうことなんだ……」

「…………」

「ひとことで言えることを、何枚も何枚も何枚も書いちゃっただけで……」

「……あ、でも、せっかくだから――」

「あ、いい。いいです。いいの」

啓太は心を決め、しっかり茜の目を見つめて、言う。

「――好きです」

茜は目を合わせながらも、うつむいてしまう。

「……ごめん……なさい。私、啓太くんのこと、そ（んなふうには）――」

「そう！　今はね。そう思えない。思わないし、思えないだろうけど、どうだろう⁈　たとえば、友だちとしてつき合って、たとえば上野動物園に行く、神代植物園に行く、お台場海浜公園に行く、葛西《かさい》臨海水族園に行く、六本木ヒルズの展望台に行く、そういうことをしてるうちに、なんか好きになる、……いやそれはおこがましい、まあ、なんだったらこの人でもいいかなって気になって来るってことはないだろうか？」

啓太は一気にまくしたてた。茜はしーんと難しい顔で考えている。

「えっと……神代植物園の次、どこだっけ？」

「……お台場……。あれ、もしかして、一個ずつシミュレーションしてる？」

「うん」

啓太はちょっと呆気《あっけ》に取られているが、茜は律儀にも想像している。

「たとえば、ドライブで湘南《しょうなん》の海に行って、キスをする」

啓太がおそるおそる言ってみたが、聞いたとたん、茜はプッと吹き出した。

「……あっ、ごめん、考えたら笑っちゃった。……あ、ごめん、ますますごめん」

「大丈夫……いいよ。ありがとう。茜ちゃん。君のその想像力のおかげで、僕たちは三カ月を無駄にしないですんだよ」

「三カ月？」

「ああ、このままだととりあえず三カ月つきあって結論出す、とかそういうことになって、僕の傷も、気を持たせられたぶん、その三倍だったろう、とかそういうことです」

「ああ……」

啓太は心で血を流しながらも、実感がなく呆然《ぼうぜん》としている。

そうして啓太の恋は終わりを迎えたのだった。

部屋に戻ってから、啓太は思い切ってラブレターの束をゴミ箱に捨てた。よくあることだと思おうとしたが、やはり、つらかった。


翔平は撮影スタジオの中の螺旋《らせん》階段をカンカンカンカンと上がっていく。メイク室のドアをノックして、カメラマンの岩崎の到着が遅れていると告げた。翔平が階段を降りていくと、岩崎と先輩アシスタントが話しながら入って来たところだった。

「ええ。どうなんすか？　あいつ、才能あるんすか？」

「いや、別にいいんだよ。あいつは、才能なんか。女受けいいからさ。モデルとかつないどけるでしょ、ああいうかわいい子置いとくと」

岩崎は言った。

「ああ、なるほどね。男も顔いいと得だなー」

翔平は陰に隠れ、ショックを受けた。

その時、スタジオにそよ子が撮影用のシルクシフォンのワンピースを着て、ヒラヒラと舞うように歩きながら、岩崎にクッキーを差し出した。

「そよ子、焼いてみたんです」

「おっ、うまっ」

「でしょ♡」

「そよちゃん、衣装、汚さないように気をつけてねー」

スタイリストが注意した。

「あ、そうか。買い取ったら大変だよね、これ。気をつけるー」

そよ子はひらひらと翔平のところにも来て「どうぞ」と差し出した。

「あ、俺はいいです」

翔平は辞した。そよ子はササッと隅に翔平の腕を引っ張る。ふたりのことは、スタッフもうすうす気がついていて、わざと気にかけない雰囲気がある。

「ねえねえ、この前のコマーシャル決まった」

「コマーシャル？」

「ほら、ホテルでオヤジと……」

「また寝るの？　あのオヤジと」

「まあ、あと何回かはね。けっこういいのよ、あいつ」

「…………」

「ねっ、今日、終わってからいいでしょ？」

「悪い、今日はちょっと」

そよ子は憮然《ぶぜん》としている。

「あそ。ま、いいや。じゃ、誰、誘おっかなー」

翔平は虚《むな》しかった。

沙絵は、ベッドの上に衣装を並べて迷っていた。ガチャッと扉が開くが気がつかない。沙絵は黒いシックなワンピースを手に取ると、ゆり子が華やかな黄色のワンピースを差し出す。

「(びっくりするよ!)」

「ゴメン。でも、これがいいよ、華やかで」

沙絵に当てて、鏡に映す。

「お出かけですか？　おじょーさん」

「(え?・)」

「何処行くの？　お洒落《しゃれ》しちゃって」

「(森の運動会)」

「マジメに。デート?」

「(そう。熊さんとデート。はい、着替えるんだから、出てって出てって)」

「ああ、もう……ケチ……。教えてくれたっていいじゃない!」

沙絵はホテルのラウンジで、緊張して座っていた。支配人が沙絵の履歴書を見ている。

「じゃ、ちょっと聞かせてもらってもいいですか？」

支配人はやわらかい物腰でたずねた。

「あ、今のでわかりましたか？」

「（わかりました）」

沙絵は緊張で、何度もうなずく。その時、ブルルルルッと携帯が震えた。「どうぞ」と支配人がうながすので、沙絵はメールを開いた。

『件名・がんばれよ。本文・なせばなる！ならは奈良づけ法隆寺ゴーン　ＫＡＩ』

沙絵は思わず心が緩んだ。携帯を握りしめてスウッと深呼吸した。

スウッと鍵盤《けんばん》に沙絵の美しい手が舞い降り、演奏が始まった。


茜は文学部ラウンジでキャンプの写真を見ていた。みんなで写ってる楽しそうな写真——

—茜は微笑ましくそれらを見ていった。

「自分しか写ってないのは、なるべく買ってね。買い手つかないから」

翔平が前に座った。

「なんてね、ウソ」

茜はそのまま見続けた。半ば、翔平を無視している。

「これから、ル・リストで櫂と飲むんだ。来る？」

「いい。やめとく」

「……なんで？」

「だって、男どうしの話なんでしょ？」

「別に……そんなたいそうなもんじゃないよ」

茜は写真を見ている。

「それ、やるよ」

「え？」

「金、いいよ。あんたのために撮ったんだ。……いらないか」

翔平は自嘲《じちょう》気味に言う。

「ううん。私、ホントはこんなに綺麗《きれい》じゃないのに、すごく綺麗に撮ってくれてる。うれしいよ」

茜は素直に言う。

「……いいよ」

翔平はスマートに茜の肩を叩《たた》いて、ラウンジを出た。翔平のあとをついて茜は歩く。茜はなぜかちょっと楽しい。翔平は振り向いた。

「あ……。足、完璧《かんぺき》治ったんだね」

「ああ、もうぜんぜん」

「心配してたよ」

「……忘れてたくせに」

「……え？」

「だって、今、あ、って言ったよ。思い出した時の、あ、ってでしょ？」

「思い出したふりするの。照れてんの」

「そう……なの？」

ふたりの間に、危うい間が流れる。

「あ、そうだ。これ」

茜はバッグから、かわいく綺麗にラッピングした包みを出して翔平に渡した。

「お茶。ほら、ウチ、田舎静岡だから、送って来たの。新茶。それ、オレンジの会のみんなにあげようと思って」

翔平はリボンがかかった包みを見ている。

「あのね、三つしか送ってこなかったの。お母さん。だから、それを、四等分して、ラッピングし直した」

「三つを四つ……。自分の分は？」

「ああ、それはまた送ってもらえばいいから」

「あんた、そういうとこ、ホントかわいいね」

普通に翔平が言うので、茜はドキッとした。

「啓太にもやった？」

「え……？」

「啓太。あいつ、あんたのこと好きだよ」

翔平はわざと意地悪を言う。

「知ってる。でも——私が好きなのは、あなたなの」

言い切った。

「でも、あなたがあのモデルの女の人好きなのは、わかってるし」

「………」

「ただ、自分の気持ちを言いたかっただけ。気にしないで」

茜は踵《きびす》を返し、立ち去った。


「気にしないでってさ……。あいつ、いっつもいっつも言いっぱ、なんだよな」

翔平は櫂に毒づいた。

「言いっぱ？」

「言いっぱなし」

「ああ……」

「人の心、マックのシェイクみたいにかき回してさ、そのまま、いなくなるんだぜ」

「ああ、いつになくやられっぱなんじゃないの？　翔平くん」

「やられっぱ？」

「やられっぱなし」

「……ああ……。あ、それまだ食います」

翔平は皿を下げに来た店員に言った。

「櫂くん。さっきから携帯ばっか見て。何気にしてんの？」

「え、いや、ここ、電波通じないのかな。メールって電波通じなくても入るの？」

「やらしーなー、もう。女からのメール待ってんの？　あ、だから、それまだ食います」

「えっ、ウソ、お前、パセリ食うの？」

櫂は沙絵のことが心配だった。ダメだったのかな……と気をもんだ。


翌日、櫂が大学構内を歩いていると、頭上でパンッとクラッカーが鳴った。ヒラヒラとか細いリボンが落ちて来て、ヒョコッと沙絵が顔を出した。

「(お早う。驚いた？)」

「何の真似？」

「(呼び止めようと思って。ほら、私、声出ないし)」

「だからって、朝イチからクラッカー。誰かの誕生日ですか」

「(あ、でも、お祝い)」

「お祝い？」

「(うん……)」

「あ、お前、どうだったの……ピアノ？」

「(だから、お祝い)」

「……うまくいった？」

沙絵はにっこりした。


二人は文学部ラウンジ横のオープンテラスでコーヒーを飲んだ。

「(ひとりでね。ひとりでやってみたかった)」

沙絵は歌うような美しい手話で言う。

「(櫂にも茜にも頼らずに、ママにも頼らず。ほら、ママ、ピアノ弾いてるからそっちからツテたぐれば、もっと楽に仕事あったのかもしれないけど)」

櫂は美しい沙絵を漫然と見ている。

「(ひとりでね、ひとりでやってみなきゃダメだって思ったの。——櫂？)」

「あ、ごめん。手見てなかった。顔見てた。あんまり綺麗だな、と思って」

沙絵は照れて黙っている。

「いや、悪い。ゴメン。俺はいったい、何言ってんだろ……」

「(そうよ、いきなり変なこと言わないでよ)」

「あ、そうだ。一回行くよ。見に行く。沙絵の弾いてるとこ。東京ドームホテルだよね？」

「(いいよ、来なくていいよ。恥ずかしいよ)」

沙絵はまださっきの照れをひきずり、ドギマギしている。

「(絶対来なくていいからね)」

そう言われたものの、櫂はホテルのラウンジにいた。少し離れたカウンターから、沙絵の演奏を聴いている。沙絵はグランドピアノ越しに櫂を見てニコッと笑い余裕で弾いている。
二、三人のスーツ姿の男性客が、沙絵の脇を行き過ぎる。その中の一人が立ち止まり、沙絵をじっと見ている。沙絵は視線に気がつき、男を見て、一瞬、タッチがくずれる。
落ち着いて落ち着いて、と男は手話で伝えた。

やがて、演奏が終わり、沙絵はその男の方にはにかんだような顔で頭を下げた。

沙絵は、櫂よりも先に彼に挨拶《あいさつ》した。

そして、櫂は、そんなふうに、まるで少女みたいにかわいくはにかむ沙絵を初めて見た気がしたのだった。

7

男は、頭を下げた沙絵を、感極まった表情で抱きしめた。沙絵も抱かれるままになっている。そのまま男と沙絵は親しげに手話でやりとりし始めた。男は店を去る間際、名刺を出して、その裏にメールアドレスを書き付け、沙絵に渡した。沙絵は名刺の表側を見た。

「すごい。ワールドミュージック・エンタテインメントレコード——」

大手レコード会社。エリートなんだ……と櫂は思った。

「えっ、ハグ?」

「いや、こうさあ。久しぶりに知り合いと会った時とかにおおっ、久しぶり、ああっ、なんつって、グッと抱きしめたりするじゃん、映画なんかだと」

櫂は文学部ラウンジで茜に言った。

「ああ、よく、洋画なんかで……。えっ、じゃあ、外国人? その、沙絵をハグした人」

「いやいや。日本人なんだけどさ。なんかこう、アメリカナイズされてるっつーか……」

「あっ、もしかして、その人、カッコイイ?」

「いや、どうだかなあ……」

「なんか、こう、爽《さわ》やかな感じの……」

「いや、それもどうかなあ……」

「背が櫂くんより20センチくらい高い……」

「……ヤなこと言うね。茜ちゃん」

「笑顔がステキな……きっと、あの人だ」

「ちょっと待ってよ。今、全部否定したじゃん、俺」

「だって、嫉妬《しっと》入ってるでしょ？」

「誰がだよ」

「その人、手話してたでしょ」

「あ……してたよ。慣れてる感じで」

「うん。沙絵が、留学してた頃に同じオーケストラにいた人だよきっと」

茜は確信している。

「柿崎《かきざき》さんって言って、沙絵の先輩。バイオリンの名手でね」

「へえ……」

「私、向こうに遊びに行った時紹介してもらったもん」

「ふたりはつき合ってたの？」

「ううん、まさか。柿崎先輩には、ちゃんと彼女がいて。でも、沙絵、憧《あこが》れてたんだよ、
その人に。よく手紙に書いて来てたもん。バレンタインにチョコレートあげたりして…

…」

「あいつが……バレンタインに……チョコレート？」

櫂は鼻白む。

「沙絵の耳が悪くなってからも、いろいろ力になってもらってたんじゃないかな。手話も一緒に覚えてくれてね。沙絵のこと妹みたいにかわいがってたんじゃないかな」

「妹みたい、ねえ……」


沙絵は柿崎にもらった名刺をながめていた。裏返すと、メールアドレスが書いてある。沙絵はメールを送ろうかと携帯を持ったが、途中でやめてしまう。かつて憧れていた人との突然の再会に、気持ちが乱れているのだった。


学食で茜がひとりランチを食べていると、そこに啓太が入ってきた。啓太は茜と目が合うと、極《きま》りが悪そうに目を逸《そ》らし、ちょっと離れた席に座った。沙絵が啓太に気づき、茜に「（どうしたの？）」とたずねた。「ん？　さあ……」と茜は口をにごす。

「おー、腹減った腹減った。今日の定食何？」

櫂が騒々しくやってきた。「あれ、なんで離れて座ってんの？」と啓太に言う。

「何だよ、そこ行こうよ。混んでくるよ」

櫂は啓太のトレイを持って、茜と沙絵に合流した。沙絵はニコッと口だけで笑う。櫂もニッと笑った。二人とも目が笑っていない。啓太は茜から目を逸らしがちで気まずい雰囲気が流れている。

「おおーっ、いたいた。みなさんお揃いで!!」

翔平が能天気に言いながらやってきた。

「ラウンジ行ったらいないからさ。……おっ、うまそう」

翔平は茜のカニクリームコロッケをつまんで口に入れた。茜は周囲を気にして困った顔をする。

「えっ、なんで? 俺たちこーゆー仲だもんねぇ」

「どういう仲か知らないけど、お行儀悪いことやめて」

翔平は肩透かしをくらい、茜をからかい始めた。

「あ、そうだ。この間の話だけど、あのさ、俺もあんたのこと嫌いじゃないからつきあおーよ。俺のこと好きなんでしょ?」

「…………」

「えっ、だってこの前言ったじゃん、俺のこと好きだって、あれ、告白だよね」

「いつのまに……」

燿がつぶやく。茜は怒った顔でうつむき、沙絵と燿は啓太の方を気づかっている。翔平はやっと啓太に気づき、しまったという顔になる。

「あっ、いいよ、そんなみんな俺見ないでよ」

啓太はいたたまれない。

「そりゃ、まあ、その。みなさんも御存じのように、ワタクシ、矢嶋啓太は、小沢茜さんが好きでしたが、この前、すっぱりきっぱりふられたので、あきらめました。俺、……俺だったら大丈夫だからさ。フッーにしようよ」

啓太は明るく言う。沙絵と目が合って、もう一度「(フッーに、しようよ)」と手話で伝えた。沙絵は啓太の人の良さに、ぐっときている。

「だから、別に翔平と茜ちゃんつきあっても、ノープロブレムでベリベリハッピイだし、なあっ」

「……あ、いや、今のは冗談」と翔平がフォローする。

「そうよ、冗談よ」と茜も口をはさむ。

「冗談なのか……」と櫂も言ってみる。

「そう、冗談……。いいな、そんな冗談言い合えて……。大人な感じだな」

シーンとなっている。

「あ、だから、大丈夫だって。俺、ふられ慣れてるし、そりゃ、俺、悲しかったけど……ちょっとつーかわりと、参ったけど、メシとか三日くらい喉《のど》通らなくて……」

櫂は慌てて、「おい、重くなってる重くなってる」とつついた。

「あっ、マズイ。ごめん」

啓太はガッと立ち上がり、うつむいている茜に手を差し出した。

「握手。友だちの握手しよう！　今まで通り、友だちの握手!!」

「あ……はい」

茜も手を差し出した。残りの三人は、困って、とりあえず拍手を送ったのだった。

ラウンジ外の自販機で沙絵があったかいコーヒーを買った。「授業、行かないの？」と耀がきいた。

「（私、次は4限。耀は？）」

「俺は先生が病欠で休講」

「（ふうーん）」

沙絵はのんきな顔でうなずいているが、耀は昨日のことを思い出し、内心穏やかではない。

「ねえ……。いや、ま、いいや」

「（何なに、ナニナニ？　なんか私に言いたいことあるんじゃないの？）」

沙絵はわくわく顔で待ちかまえている。

「いや、別に」

「（何よお、言ってみそ）」

「じゃ、言うよ。憧れの先輩にバレンタインにチョコレートあげてたりしたんだって？

少女マンガみてー。似合わねーっ」

小学生のように櫂がからかった。沙絵はガンッと櫂の足を蹴《け》りあげる。

「イッテ……。また、そうやってすぐ暴力……」


次の日も、柿崎は沙絵の演奏を聞きにホテルにやってきた。沙絵はバイトを終えて、ラウンジでお茶をした。

「(突然、どうしたんですか？　先輩)」

「先輩ってやめてよ。もう、いいオッサンなんだし。バイオリンもやめちゃったし。今はただの一サラリーマン」

「(でも、この間の名刺、ワールドミュージック・エンタテインメントレコードなんてすごいじゃないですか？　誰でも知ってるし。私にとっては変わらず憧れの先輩ですよ)」

「……そんなこと言ってくれるの、もう沙絵ちゃんだけだよ」

柿崎はふっと笑った。

「(あ、私のピアノ、どうですか？　ちゃんと弾けてるかな？)」

「ん？　ピアノ、ちゃんと弾けてるか、って？」

「(ご名答)」

「ちゃんと、弾けてるよ」

「(ほんと？)」

「ホントだよ。だから、一瞬、治ったのかと思ったんだ、耳」

沙絵はゆっくり首を振る。

「(……あちらでは、いろいろお世話になりました。あの後、日本に戻って来てからも、いろいろ病院とかかかってみたんだけど……)」

「そう……しかし、忘れないもんだな、手話……」

「(先輩、私のために覚えてくれて、感謝してる——。あの頃、先輩が向こうにいなかったら、私、すごく孤独だったよ)」

「話せてよかった」

「(私も)」

「また、誘っていいかな?……迷惑?」

「(そんな……)」

「メールもらえなかったし、迷惑なのかと思って」

「(そうじゃないです。……そうじゃないけど、メールは、勇気出なかった)」

「どうして?」

「(男の人は……なんか、ダメで。耳ダメになってから、心がかじかんじゃったの。きゅーって)」

「…………」

「(あ、でも、先輩はそういうんじゃないもんね。男の人とかそういう……ことじゃないんだけど)」

「あ、いや、わりと、そういうこと、だったりするんだけど……」

「(え……)」

沙絵はドギマギし、思わず顔を赤らめた。

「あれはね、燿くん。そのうちラブラブ突入だよ」

茜は学食で釘《くぎ》を刺す。

「……茜ちゃんってさあ、わりと見かけによらないよね。突入とかラブラブとか。翔平にも食ってかかってるみたいだし」

「私の話はおいといて。……いーのかなー。沙絵このままほっといて」

「いいも悪いも……おめでとうございますってとこでしょ」

「あ、大人な発言」

「……でも、いい人なんでしょ? その人」

燿はマジメにきく。

「あ、柿崎先輩? うん……なんか、いい人そうだったなー」

「じゃあ、いいでしょう。問題ないでしょ」

「……そうかもね」

「えっ、いきなり肯定かいっ!」

「いや、沙絵さあ。耳がダメになってから、そういうことにすごく臆病《おくびょう》になったんだよね」

「……そんなの、気にするかな……。相手、気にするかな」

「気にするわよ。フツーは。櫂くんは、ちょっとそのへん、人と違うもんね」

「そうかな」

「褒めてんのよ」

「ありがとうございます」

「だからね。私は櫂くんかなあ、と思ってたの。私はずっと沙絵のそばにいたけど、私じゃダメなんだよね」

「……どういうこと？」

「女どうしじゃダメなところもあるんだよ。女の子の心ん中にはさ。男の子しか埋められないとこってあるでしょ？」

「……うん」

「それ、櫂くんなのかと思ってた」

「……買いかぶりだよ」

「買いかぶり？」

「俺じゃダメでしょ。あいつ受け止めるのは、やっぱり、その年上の先輩とか。好きなだけじゃダメでしょ？　彼女の相手は」

「好きは好きなんだ？　沙絵のこと」

「……さあ、どうでしょう。その答は、風に吹かれている」

「……何、それ？」

「そんなの、なかったっけ？」


大学生協のブックコーナーで翔平はファッション誌に見入っている。表紙ではそよ子が笑っている。沙絵が後ろから近づきワッと驚かす。

「びっくりした。沙絵ちゃんか……」

「(これ、彼女でしょ？)」

「え……。彼女？」

「(当たり、と)」

「違うよ。……あ、メシ食った？」

翔平は沙絵を誘った。沙絵はのろのろと階段を降りる。高いヒールのミュールを履いている。翔平は自然に手を差し出した。沙絵も自然に手を取る。たまたま下で、買物をしていた茜がその様子を見て、思わず身を隠している。二人は茜に気づかず、楽しげに歩いていく。

ル・リストで二人は食事をとった。

「彼女さ、さっきの雑誌の彼女。けっこう有名なモデルなんだ」

翔平が言う。

「(知ってるよ)」

沙絵は手話で言いかけて、よくわからない翔平のために携帯メールの画面に打った。

『知ってるよ。有名な人』

「そういうさ、そういう人とつきあってれば、自分が少しは高級な感じするかな、なんてそんなこと考えたんだ、きっと。……何にもない自分がさ、少しは何かあるように思えるっつーか。沙絵ちゃんみたいに何もないからさ、音楽とか」

「(写真は?)」

「写真? 自信ないよ。才能ないって、先生に言われたし、この前」

「(……素直だね)」

「え?」

翔平は手話がわからないと言うが、イライラしてる感じはない。足の悪い妹がいるので、わりと自然に待つことができる。沙絵はううん、とにっこりして、携帯に打ち込む。

「……何でかな。あんた、静かだからかな。……あ、怒った?」

「(ううん。でも、どうして?)」

「なんかさ、俺、ギャンギャン言われると、言おうとしたことが言えなくなるんだ。どっか行っちゃうんだ。本当の気持ちが。憎まれ口ばっか浮かぶ。叩《たた》く。で、なんかわかんなくなるな、いつも」

『……茜のこと?』と沙絵は打ち、翔平は『違う』と打ちこんだ。『違わない』『断じて違う』と打ち合い、沙絵はクッと笑って、ま、いいやと引いた。

「自分はどうなの？」

「…………？」

「俺は、沙絵ちゃんはてっきり櫂とつきあうのかと思ってたよ」

「（まさか）」

「それが、外に彼氏できたみたいで」

「（なんで？）」

「オレンジの会は今、その話題で持ち切りだもん」

沙絵は翔平の言い方に、クッと笑う。

「櫂よりいいの？　そっちの方が？」

「（……櫂くんはさ、だって、私のことそういうふうには好きじゃないじゃない）」

「そういうふう……男と女ってこと？」

「（うん……まあ……そうね）」

「……沙絵ちゃんはどうなの？」

「（……うーん、正直、わからない。近すぎてわかんなくなっちゃったかな）」

「……沙絵ちゃん、素直だね」

翔平はさっき覚えた素直という手話を使った。

「（……ねえ、みんな手話覚えてくれてるね）」

「ああ、やりだすと結構おもしろい」

翔平は煙草を置いて、手話で言う。

「(あ、ごめん……。吸ってて)」

「こんなこともできて便利」

翔平は煙草を口にくわえたまま、手話をしてみせる。沙絵はくすっと笑う。

「(……ラウンジでもさ、みんなで話してる時、手話使うじゃない。みんな、どうして?)」

「えっ、だって沙絵ちゃんだけわかんなかったら、つまんないだろ。茜ちゃんが言ったんだ。なるべくわかるとこは、手話交えて話そうよって。たまたま沙絵ちゃんだけいない時だったかな。そんなふうに言ってさ」

翔平は沙絵の変化には気がついてない。沙絵は静かに頭にきていた。


沙絵は授業の前に、茜に問いただした。

「言ったわよ、いけない?」

茜は悪びれない。沙絵は怒っている。

「気をつかっちゃいけないの? だって、もし沙絵がアメリカ人で、みんな英語しゃべれたら、そっちで喋《しゃべ》ると思うわ」

沙絵は違う……と反論した。

「違わないよ。みんなわかんない言葉で話してたら、沙絵もつまんないと思って、わかるところは、手話足そうよって、私言ったけど、それがそんなにいけないことなの？」

沙絵はムスッとして、黙る。

「沙絵は勝手だよ。同情されるのが嫌、かわいそうと思われるくらいなら死んじゃいたいって、よく言ってたけど、でも、人が自分に注目しないと不機嫌になるじゃない」

「(……そんなことないよ)」

沙絵は少し思い当たるとこがあり、勢いがしぼんだ。

「そんなことないことないよ。沙絵はいつも星みたいにキラキラして、横にいる私は、それを際立たせる闇よ」

「(よく言うわよ！　啓太くんだって、最初は私を気に入ってたんじゃないっ。そしたら、あっさり茜にさ——)」

「別に、沙絵、啓太くんのこと好きじゃないじゃない！」

「(茜だって好きじゃないじゃない！)」

「そうよ、好きじゃないわよ。そうよ、じゃ、好きじゃない男の子、取り合ってケンカするのやめようよ」

「(そう……だけど)」

「……でも、じゃあ、翔平くんは……？」

茜は口の中だけで小さく言う。

「(何?)」

「……何でもない」

「(何よ、私にわからないように喋って、根性悪い……!)」

「何ですって!」

二人いきり立っていると、入口に次の授業の先生が立っていた。

「あなたたち、もう、授業始まるけど……」

「あ……はい」


螺旋《らせん》階段を降りていく沙絵を、上から櫂が呼び止めた。が、聞こえないので、袋に入ったままの菓子パンを落とした。

「お洒落《しゃれ》してどこ行くの♪」

櫂は大学構内のベンチに沙絵を誘った。

「(……なんか、緊張してるのかな)」

「デートだから?」

「(うん……。これ、おかしくない?)」

沙絵は春らしい色のふわりとしたスカートを穿《は》いている。

「おかしくない。最大限がんばった。それ以上は無理」

「(だよね。マックスかわいい)」

「かわいい……。自分で言うかな」

「(……どうしよう、櫂。ドキドキする)」

「深呼吸したら？　あ、あと岡本太郎って書いて飲み込む、とか」

沙絵は本気にして、やろうとする。

「冗談だよ。それに、ちょっと違うよ。それ」

「(……そうか……そうだよね)」

「…………。大丈夫だよ。やさしい彼氏に会ったら落ち着くよ」

櫂はイヤミではなく、励ます。沙絵の顔に微笑みが広がる。

「では、おまじないの言葉を一つ。今日の沙絵は抜群にかわいい。どこ行くんだっけ？」

「(東京タワーとか、六本木ヒルズとか、その辺かな)」

「東京タワーも六本木ヒルズも倒れるくらいかわいい」

沙絵はにっこりする。

「あ、あとできれば、いつもの毒舌、口悪いの、ちょっと抑えた方がいい」

「(……あとは？)」

沙絵はいつになくしおらしい。

「あとは……うーん、なんか100も200も出て来そうだ」

「(じゃ、いい。全部聞いてる時間ないもん)」

「3時に迎えに来るんだっけ。もう来てるんじゃない？　じゃ、健闘を祈るよ」

櫂は手を挙げて行く。

沙絵は櫂の背中を見送るうちにせつなくなる。櫂を引き留めたいと思うが、呼べないし、ヒールが高くて走れない。沙絵はミュールを脱いで投げた。

櫂はゆっくり拾って振り返った。沙絵がなんとも言えない顔で片足で立っている。

「どうした?」

「(櫂はいいの?　私が誰か好きになってもいいの?)」

「…………」

「(いなくなってもいいの?)」

櫂は答えられない。門の前に、車が来て停まった。櫂は靴を沙絵の前に置いた。

「彼、来たんじゃない?」

沙絵が振り返ると、柿崎が手を振っている。

「とりあえず、彼の前では、靴、投げない方がいいと思うよ」

櫂は背を向けて歩いて行った。

櫂はオレンジの木の下で、実をもぎとろうと手を伸ばした。

届きそうで届かない。もう一回手を伸ばすと、今度は取れた。

＊

彼女は、いつも僕の心のはしっこをひっぱる。そして連れてゆく。離さない。

僕は彼女にひっぱられている心が、いつも少し痛いんだ——。

＊

「うわーっ、気持ちぃいなー」

柿崎は伸びをした。高台に並んで立ち、夜景を見下ろしている。

「また、誘っていいかな」

柿崎は言う。

「（……いいけど……）」

沙絵はちょっと、とまどっている。

「あ、迷惑なら迷惑って。彼氏とか、いる？」

ううん、と首を振る。

「あ、よかった。セーフ……」

ホッとする柿崎に、沙絵は微笑む。

「あの頃から、向こうにいた頃から、いいな、と思ってたんだ」

「（ほんと？）」

「ホントだよ。でも、俺、彼女いたし、沙絵ちゃんは高嶺《たかね》の花だし」

「（まさか）」

「いや、きれーでさ。今も、ますますきれーでさ。勇気出して誘ってみた」

「(…………。私、ほとんど耳ダメになったんだよ、そんなでもいいの?)」

「関係ないでしょ。沙絵ちゃんは沙絵ちゃんだよ。向こうにいた頃、チョコレートくれたでしょ? バレンタインに。俺、内心、舞い上がってた」

「…………」

「あの頃は、いろんな状況の中で言えなかったけど、ホントは、好きだったよ」

「…………」

「そいで、今も、好きだよ——」


「ふうーん、デートだ」

ゆり子は沙絵を見て言った。

「隅におけないねえ。この子も」

「(私のこと、好きだったんだって)」

「へーえっ」

「(そいで、今も好きなんだって)」

沙絵はふふんと機嫌よさそう。

「ねえ、沙絵。でもさ、そういう言葉はさ……好きとか……そういう言葉は、香水みたいにひと吹きでパアッていい匂いするけど、その言葉にのっかってる、その人の重み、みたいの見極めないとダメだよ」

「…………」

「あっ、ごめんね。水さすようなこと言って」

「(ううん、ママの言うこと、なんかわかる)」

「そう？　ほら、まあ、女としてちょっとは先輩だからママ。沙絵より」

「(私も、ママみたいにもてるようになるかな)」

「悪いけど、そりゃ無理でしょ」

沙絵はからかいにムッとする。

「あ、それ、ケーキでしょ。コーヒーいれるね」

ゆり子はキッチンに逃げた。


美人だが、派手《はで》目のメイクとスタイルの女が、ラウンジを覗《のぞ》いてキョロキョロしている。女子学生ふたりを呼び止め、「四年生のさ、萩尾沙絵っている？　耳聞こえない……」ときいてきた。女子学生はオレンジの会の場所を教える。翔平がマンガを読んでいると、女が寄ってきた。

「ねえ、萩尾沙絵って子、いる？」

「今、いないけど……」

耀が答えた。

「ふーん。ねえ、その子、きれい？」

「まあ、きれいかなあ……」

啓太が答え、「お姉さん、何？」と翔平が鼻白んだ。

「ん、ちょっとね。邪魔したわね」

女は去っていった。

三人がいぶかっていると、啓太の携帯の着メロが鳴り出す。

「もしもし。おおっ、ユウジか……めずらしいな。何？　えっ!!」

啓太の顔色が変わる。

「おやじが倒れたって――」

啓太はすぐに新幹線で帰っていった。


沙絵はホテルのラウンジで、柿崎から写真とMDを欲しいと頼まれた。

「沙絵のポートレートと、沙絵の演奏、録音したMD」

「(……いいけど、どうして？)」

沙絵は少し、怪訝《けげん》な感じがする。

「どうしてって、離れてる時も沙絵ちゃんの顔見たいし、沙絵ちゃんのピアノ、聞いてたいし」

啓太の父は、初期のガンだったので、手術すれば大丈夫だとわかった。来週の手術に付き添ってから戻ると、櫂に連絡があった。

「何だよ、いい知らせなんだからさ。もうちょっと明るい顔しようよ。こう、良かったねって、ホッとしたねって言い合ったり」

櫂はオレンジの会のメンバーに言うが、お互いむすっとしている。

「何、みんな水面下でいろいろやってるわけ？　なんだよ、啓太いないと、オレンジの会って通夜みたいなの？　……いる時はうるさいだけなんだけどな……」

櫂はひとりぶつぶつ言った。


沙絵はフレンチレストランで、緊張しながらナイフを動かしている。

「(こういうの、慣れないから緊張する)」

「実は、こっちも緊張してる」

柿崎が言い、沙絵は笑う。

「ワインはお決まりでしょうか？」

ソムリエがやってきた。

「あ……ちょっと重たい感じのを」

柿崎は料理に合わせてオーダーした。沙絵はノースリーブなので、冷房がこたえた。

「あ、寒い？　そうだ、ショール羽織ってたでしょ？」

「(車ん中忘れた)」

「ああ、車。俺。取ってこようか？」

「(ううん。いい。キイ、貸して)」

沙絵はにっこり笑って出て行く。

ショールは柿崎の車の座席の下に落っこちていた。その時、沙絵はワープロ打ちした企画書を見つけた。

『耳の聞こえない美少女ピアニスト、萩尾沙絵　鮮烈のデビュー!!』

表題が沙絵の目に飛び込んで来る。沙絵は手に取ってめくる。

『セールスの厳しい昨今、人目を引くには、恰好《かっこう》の素材、萩尾沙絵。難聴にしてピアノの腕は確か。ビジュアルも見ての通り、美人の部類に入ります――』

焼増しした沙絵の写真と、コピーしたＭＤが何枚も出て来る。カッときて後部座席も捜すと、後部座席の下にピアスが落ちていた。沙絵はそれを拾って、投げつけた。


柿崎は携帯電話で話していた。

「ああ、大丈夫。あと一押し。うまく口説き落とすから。プロダクションでも一緒にやりたいって手挙げてるとこ何社かあるし――」

『慎重にね。私、実物は見られなかったけど、写真見る限り行けそうだし。部長も満更でもなさそうだったわよ――』

沙絵が戻ってきた。

「あ、では、そういうことで。また後でかけ直します」

柿崎は電話を切った。

「あれ、どうしたの？　こわい顔して」

沙絵は企画書を差し出した。

「(私を、騙《だま》してたのね！)」

「騙したなんて、そんな人聞き悪い」

「(騙したんじゃないっ！　最低の男ね)」

「こんなとこで、やめようよ」

「(MDと写真は返してもらったから)」

沙絵は店を出た。柿崎が追ってくるが、猛然と歩いて行く。「待ってよ！」と肩をつかまれたが、沙絵は振り切った。

「そっちにとっても悪い話じゃないと思うんだ。その体じゃなにかと大変だろ？　就職だってないんだろ」

「…………」

「いい話じゃないか。デビューできるんだぜ。自分のCDが出せる」

沙絵は怒りと軽蔑《けいべつ》をこめた瞳《ひとみ》で柿崎をにらんだ。

「いや、まだ決まったわけじゃないけどさ。今、上司にかけあってんだ。どう？　一緒にやろうよ」

「(……私は、自分の不幸を売り物にする気はないわ！)」

「…………」

「(本当に、先輩は変わっちゃったんだね。私に近づいたのは、このため？)」

「ごめん……。俺、ぜんぜん仕事うまく行ってなくて、このご時世で、リストラされかかってんだ……。だから、沙絵ちゃん見た時、あっ、こいつはイケるかもって……売れるかもって、そんなスケベ根性で……」

「(最後にもう一つだけ聞いていい？　私のこと好きって言ったのもウソ？)」

「……ゴメン」

「(……そう。……サヨナラ)」

沙絵は毅然《きぜん》とした手話で告げ、踵《きびす》を返した。

沙絵はひとり、夜の街を歩く。悲しかった。カップルが楽しげにはしゃぎながら通り過ぎていく。ひとりぼっちだ、と思う。携帯を出して、茜にメールを送ろうかと考えてからやめた。櫂のアドレスを呼び出して、『応答せよ、ユウキカイ』と打ち、送信ボタンを押す。しばらく、ぼんやり待った。返事が来るかどうか、せつない気持ちで待つ。やがて、携帯がブルブルブルと震える。沙絵はメールを見る。

『応答しました、ユウキカイ』

『ふられちゃった』

『……そう』

『幻だったんだなあ、と思って』

『うん』

『耳ダメになってから好きなんて言われたの初めてだったし』

『うん』

『私、もう一度恋できるかと思ったの。こんな私でも、好きって言う人いるんだって得意だったの。キラキラした女の子みたいに、もう一度なれるかなあって思ったの』

『うん』

『うんばっかり?』

『なんて答えていいか、わからないんだよ。でも、聞いてるから』

＊

携帯メールのおしゃべりは、フッーのおしゃべりと違って、相手の言葉が返るまでを待つ時間が、もどかしく、せつなく、ああ、もうこれで返らないのかな、なんて思うと、長いのが来たりして、そういう時は、なんでもない言葉が、とても愛《いと》しい——。

＊

『ホントに聞いてる? テレビ見たりカップラーメン食べたりしてない?』

『してない。神に誓ってしてない。テレビもさっき消した』

沙絵はやっと笑顔が戻る。なんて打とうかな、と考えてると、続けてメールが来た。

『そこ、寒くないの？』

『うん、大丈夫』

沙絵はふっと気持ちの風が動き、勇気を出して、打った。

『件名：会いたい　本文：会えない？』

送信ボタンを押したところで、充電が切れてしまった。あーあ……。沙絵はため息をもらし、ひとり、雑踏を歩き始めた。

家に帰りたくなく、ブラブラと大学に辿《たど》り着いた。文学部ラウンジは、まだ明かりが灯《とも》っていた。沙絵はオレンジノートを読んだ。ページをめくると沙絵の描いた猿の絵に、長い髪が書き足され、沙絵と落書きしてある。櫂だ。沙絵はクスッと笑った。

白いページになった。新しいページに、沙絵は何か書こうとするが、何も浮かばない。

ラウンジ内の電気が消え始め、警備員に促されて校舎を出た。

すると、息切らして走ってくる櫂が見えた。

「(どうしたの？)」

「どうしたのじゃないべ。そっちが、会いたいっつったんだろ」

「(どうして、ここわかったの？)」

「なんとなく。っつーか、いろいろ行ったけど。本屋とか」

「(……悲しかったの。そりゃ片思いだったけど、たった一つの恋だったの。自分なりに大切にしてた。ずっとずっと大事にね。こうして右手に握りしめてたのよ……)」

沙絵はどっと気持ちがあふれてきた。

「(でもね、こうして開いてみたら、なにもなかった。からっぽ。なんにもなかったの。……バッカみたい)」

「ねえ——」

燿は言った。

「左手開けてごらん、俺いない?」

沙絵は燿に近づいた。そして、本当はすごくうれしいのに、裏腹な手話で応《こた》える。

「(ねえ、そういうこと言ってて恥ずかしくない?)」

「……すっげー恥ずかしい」

燿を見て、沙絵ははにかんで笑うと、抱きついてきた。燿は自然に沙絵を受け止め、ギュッと抱きしめた。

8

燿は自転車でやってきた沙絵を見つけると、「お早う！」と言った。曇りのない、いつもの笑顔の燿だ。

「（……お早う）」

沙絵はそっけなく手話で返す。横を歩いていく燿を、沙絵がチラリチラリと横目で見て、「（何？）」といぶかしげに指を振る。

「何？　この手話の意味は何？　今、僕に何？　って言ってる？」

「（だから、何なのよ）」

「何なのよってさあ……」

「（あ、あの、この間はどうも。おかげで、心が落ち着いた）」

「心が……落ち着いた……」

「（そう、この辺。スッと。どうもありがとう。じゃ、ごきげんよう）」

沙絵は胸に手をあて、スタスタ歩いていく。

「ごきげんよう……ごきげんようだと……？」

燿は呆気《あっけ》にとられた。

「おっはよう。どうしたの？　姫にふられた？」

翔平が後ろから来てからかう。

「……俺は一体なんなんだ。会いたいっーから、駆けつけたのに。ありがとう、落ち着いた？　俺は頭痛の時のバファリンか、腹痛の時の正露丸か、便秘の時のコーラックか、発熱の時の解熱剤？」

「いつ、駆けつけたの？」

「聞きたいとこだけ、上手に聞くね。翔平くん」

「うん！　これでもポイントは押さえるんだ」

翔平は得意げに言う。

「この前、夜に——」

「何？　愛の告白かなんかあったわけ？」

「まあ……ね」と、櫂はいつになく照れが入る。

「えっ、じゃ、つきあうの？　君たち。ラブラブ？」

「……のつもりだったんだけどなあ……。腹くくったんだけどな、俺的には」

「……ふーむ。女の子とつきあう時の言葉が腹くくるってのも、妙だけど、まあ、沙絵ちゃんとつきあうって、ちょっとそういう感じかもな」

「そうだよ、俺は、決心したのに……」

櫂は肩透しをくらっていた。

数日後、啓太の父親の手術が始まった。啓太が待合室の椅子に座っていると、翔平がやってきた。

「いや、近くまで来たもんだから」

「近くってここ名古屋……」

「いや、ひつまぶしが食べたくなってさあ……」

翔平がごにょごにょと言い訳していると、啓太の母親が立ち上がって「啓太、どなた？」と言った。隣には弟のユウジがいる。

「あ、ごめんなさい。突然。俺、いや僕、啓太くんの大学の友人で相田翔平と言います」

「わざわざ東京から……？」

「あ、いや……こいつ、注射打つのも見てられないくらい気がちっちゃいもんだから……オヤジさんの手術なんて大丈夫かなって心配になって、あ……すみません、大事な息子さんのことを……気がちっちゃいなんて……」

「いえいえ。わざわざ東京から……」と感動して何度も礼を言う啓太の母を前に、翔平はしきりに恐縮していた。

櫂はリハビリセンターでのアルバイトを続けている。

「那須田《なすだ》さん。すごい！」

耀は叫んだ。おばあさんが歩いて来る。ハアハアと肩で息しながらも、うれしそうだ。

「すごいですよ、あそこから、ここまで歩けましたよ」

「はい、どうも……」

恐縮するおばあさんに寄り添い、耀は椅子に座らせた。

「えーっと、この二週間で、あそこからここまで、そうだな10メートル歩けたんだから、次の一週間で、あそこまで15メートル目指しましょう」

部屋の彼方《かなた》を指した。

「……あのね、耀くん。そんなにね、急いでないの」

「え……？」

「ごめんね。ここまで、はい、次はあそこまでって言われると、私、ここんとこドキドキしちゃうのよ」

那須田さんはやんわりと言う。

「耀くん、できた時はもう、うれしそうな顔するし、できないとテストで落第しちゃったような残念そうな顔するし」

「あっ……ごめんなさい。プレッシャーですよね、それ」

「ううん。年取るとね、そーんなに急がなくてもいいようになるの。何があるわけでも、何が待ってるわけでもないからね」

「…………」

「ゆっくりのんびりよくなりたいわ」

「ごめんなさい。俺、よくわかってなくって」

「ううん。わかんなくて当たり前よ。若いもの。若くて元気で。いいわねー」

「これから気をつけます！」

「いいえ。あなた本当にいい子ね。本当にいい子よ。ずっといて下さいね——」


啓太の父の手術は成功した。

ホッとする母子を、翔平は少し離れたところから見て安心した。


沙絵は堺田教授の心理学の講義を受けている。沙絵の横に男子学生が座り、パソコンで教授の話を打っていくが、ミスタッチで変換がうまくいかない。

「（ごめん、ここ何書いてあるか、わからない）」

沙絵が指摘した。

「えっ、俺、手話わかんないんだよ」

男子学生は悪びれない。沙絵は画面を指した。

「ここ？　あ、ミスタッチ……」

学生はいったん文字を消すと打ち直した。めんどくせーなー、と小声で言う。沙絵はニュアンスでなんとなくわかってしまっている。

「(どうも、ありがとう)」

講義が終わって、礼を言った。すると男子学生は言った。

「……あのさ、俺、次の授業も一緒に出るって言ったんだけどさ、いいかな……出なくて。だって、ぶっちゃけかったりーんだもん。あれ、わかんない?」

沙絵は首を振った。

「一緒に出てあんた助けたことにしといてくんない? 堺田の手前。俺、単位落としそうでさ、慈善事業で点数稼いでんの」

「(わかった)」

「お、助かる。じゃね」

学生は去っていった。沙絵がポッンとひとり歩いていると、櫂がやってきた。

「見てたよ。もてるねえ。男の人と2ショット!」

「(そんなんじゃないわよ……)」

「……なんだよ。お茶、飲もうよ」

櫂は学食に誘った。

「――そいでさ、確かにそうだなーっと思ったんだ。おばあさんになったら、学校があるわけでも会社があるわけでもないだろ? 家はもうお嫁さんがいて、やっててくれて。そしたら、ゆっくりよくなってけばいいんだ。確かにそんなに焦ることないんだよなー」

櫂はひとりでしゃべっていた。

「(……結局、櫂には障害のある人の気持ちなんてわかんないのよ)」

沙絵は言った。櫂はカチンとくる。

「(健康な櫂に、そういう肉体的な欠陥を持った人の気持ちなんてわかんないのよ)」

「まあ、そうかもしれないけど。わかりたいと思ってるよ」

「(気持ちいいんだ。わかってあげてる僕って思うのがさ)」

沙絵は櫂の目を見ないで言う。

「なんか……、俺とケンカしたいわけ?」

「(あなたは、自分より下の人にやさしくしてあげるのが気持ちいいのよ)」

櫂はさすがに怒りがわいてきた。

「……そいで? 何か、続きがあるんだったら聞くよ。イヤなことは一気に聞いちゃいたいから言えよ」

「(私にやさしくしたのだってそう。私がかわいそうだったから。同情。でも、だんだん時間が長くなってくるとね、うんざりしてくるのよ、私の相手。だって何もできないんだもん。さっきの男の子だって、ボランティアの子よ。私一人じゃ授業も受けられないの)」

「…………」

「(あなたは、かわいそうな私や、そのおばあさんにやさしくして、いつも、自分の優越感確かめてたいのよね。心の底ではそういうことよ。私、あなたに愛されてるって思えないもの)」

沙絵は櫂の目を見て切実な瞳《ひとみ》で言う。

「……本気で言ってるの？……今言ったことは本気なの？」

「(……本気よ)」

「そう。じゃあ、いいよ。俺、お茶飲もうって言ったのは、あんたに、つきあおうって言おうと思ってたんだ。でも、もういいよ。そんなふうに思われてるなんて知らなかったよ」

そう言うと櫂は立ち上がった。沙絵はだまっている。

「だけど、違うよ。今、君の言ったことはみんな違うよ。でも、君がそう感じるって言うんだったら仕方ない。俺たち、つきあえないね」

櫂はそれだけ言うと、出ていった。

沙絵は本当は悲しかった。


堺田は大きめの企業の求人票を、沙絵の前に出した。障害者枠を設けている会社だった。

「事務職だけどね。コンピューターが主なんだ。萩尾くん決してカン悪くないし頭もいい。向いてなくないと思うんだ」

「(……ありがとうございます)」

「あ、こういうの、気になるかい？」

堺田が指さした障害者の文字を見て沙絵は首を横に振った。

「(……先生、私、今ピアノ弾くバイト始めたんです)」

「ああ、聞いてるよ」

「(ちょっと、そこでがんばってみたい)」

「そう……。それはいいな……」

教授はやわらかく微笑んで、求人票をしまった。

「(すいません、せっかく……)」

堺田は沙絵を誘って外に出た。

「若い人は動くねえ。……心も体も動く。流れてる時間も早い。押し流す時の波も勢いがある――」

構内では、学生たちが楽しげに過ごしている。堺田はベンチに座った。

「僕もああやって、走ったり心が跳ねたり、そんな時にもう一度戻りたいような気になるなあ……。ん？　想像できないかい？」

「(いいえ)」

沙絵は微笑んだ。

「僕にだって輝く青春時代があったんです」

教授も笑った。

「耀くんとケンカでもしましたか？」

「(……どうして？)」

「風の便りに聞きました」

「(……私の不幸は私のもので、誰も巻き込みたくないんです)」

「…………」

「(つきあっていくとなったらきっと大変……)」

「ひとりで生きていく気ですか?」

「(できれば)」

「それもいいかもしれない。それもいいかもしれないけど、寂しいですよ」

「(寂しくても、ひとりで生きていきます)」

「……それを聞いたらあなたの仲間はみんな寂しがります。みんなそんなヤワじゃない。特に、結城くんは、櫂くんはそんなヤワじゃない――と、僕は思いますよ」

沙絵はひとりになり、教授の言葉を反芻《はんすう》しながら、構内を歩いた。

『人の不幸に悲しんだり、人の幸福に喜んだり、人を愛したり、人を怒ったり、それが生きてるってことじゃないですか、沙絵さん』

水飲み場に茜がいる。体操着姿で、顔を洗って、置いたはずのタオルを手でさぐっている。沙絵はそれを取って茜の手に持たせた。茜はホッとして顔を拭《ふ》くと、沙絵が立っているのに気づき、気まずい顔になった。「体育だったんだよ、今」と怒ったように言う。

「(ばっくれた)」

「代返しといた」

「（マジ？……サンキュ）」

「ごはん奢《おご》って。何せ体育の代返ってウルトラCなんだからね。跳び箱二回も跳んじゃった」

沙絵は笑顔になり、茜も笑った。

夕方、二人はル・リストに行き、食事をとった。茜はカニクリームコロッケとグリーンサラダとハヤシライスと白ワインを頼んだ。

「（よく食べるね。なんか、謝る気が失《う》せるんだけど……）」

「えっ、私は、仲直りのお祝いにガッツリ食べようかと思ってんだけど」

「（……この前はごめんね）」

「……ううん。私も、なんか、ちょっとよくなかったよ」

「（……どうして、茜悪いとこないじゃない。私のために手話覚えようってみんなに言ってくれて）」

「……あれから、ちょっと考えたの。沙絵もいるとこで言えばよかったんだよ」

「（え？）」

「沙絵もいるとこでサクッと言えばよかったんだよ。その方が、フェアだったんだよ」

「（……なんか、ごめんね。神経つかわせて。私のために手話覚えてくれたの茜だし。私の耳ダメになった時、私から離れなかった、変わらなかった、たったひとりの友だちだわ。

そっと私の心のそばに寄り添ってくれた)」

「……沙絵はでも、私だから怒ったんだよね」

「(どういうこと……?)」

「きっといろんなとこで我慢してる。ため込んでるとこあるんだって思うから。いろんな人に素直になる必要はないけどさ、正直になるとこなろうよ。ケンカしても仲直りすればいいんだし、こうして」

「(……うん)」

「擢くんはさ、正直になっていい人だと思うよ」

「(…………。そうはいかないよ、茜とは違うもん)」

「どうして?」

「(茜は女友だちだから、ケンカしても仲直りできるけど、擢は男の子だから……。私、擢に嫌われるのがこわいのよ)」

「……擢くんは、どこまでも沙絵につきあうと思うよ。きっともう恋じゃなくて、愛なんだよ」

「(……そんな、自信ないんだ……。あ、でもそれはね。私が耳が聞こえないせいじゃないよ。私が、ただの女の子だから)」

「ただの女の子……?」

「(そう、男の子好きになるとさあ、ただの女の子になっちゃうよね)」

「あ……ああ、わかる。どんなえらい人でも、どんなかわいくても、どんな美人ちゃんでも、ミスなんとかでも、誰か好きになると、きっとただの……弱虫な女の子になっちゃうよね。どっかの国のお姫さまでもきっとそうだよ」

沙絵はフフと笑った。

文学部ラウンジにオレンジの会のメンバーが集まっている。啓太は「ジャーン！」とみんなの前におみやげを出した。赤福餅《もち》や坂角のゆかり、味噌《みそ》煮込みうどんなどがある。

「いっぱいあるのね」と茜は感動している。

「ま、オヤジの手術無事終わったし、その勢いで、お袋が買いすぎた」

「俺、どれにすっかな」と翔平が迷っていると、「あっ、翔平にはこれ」と啓太は小さな金のシャチホコを出した。「シャチホコ？」と櫂がきく。

「イエス！　金のシャチホコ。麗しき名古屋の象徴。ウチのね、結婚式場の屋根のてっぺんにこれ、くっついてんの。で、ウチで結婚式挙げるともれなくこれ、記念品としてついてくんだけど、けっこう高いんだよ。これ、本物の金」

「さすが名古屋。結婚式の引出物が、シャチホコ」

「(でも、なんで翔平くんだけ……？)」

「ん？　なんで翔平だけかと言いますと……オヤジからの伝言だから。これ渡してくれって。こいつ、わざわざ来てくれたんだ、俺のオヤジの手術の時……」

茜はえっ……、と翔平を見た。櫂と沙絵も驚いている。

「あ、いや。暇だったから。それに、ひつまぶし食べたくなってさ。うまかったなー、しかし、あそこ」

翔平は照れている。

「ひつまぶしは、蓬莱軒《ほうらいけん》が一番。みんな覚えといてね。名古屋来た時は蓬莱軒」

「でも、よかったな。オヤジさん、大したことなくて」

櫂が言った。

「オヤジは大したことないんだけどさ。お袋、おじょーさん育ちだから、こういうことに弱くてさ。また、オヤジ、今まで健康そのもので入院なんて初めてでこれだったろ、お袋、びびっちゃって……俺、卒業したら名古屋に帰ろうと思うんだ」

「でも、お前就職……」

「うん……。でも、どうせさ、ゆくゆくはうちの結婚式場継ぐ気だったんだ。早くても遅くても変わんないだろ」

「変わんなくないけどな……。お前、いなくなったら、寂しいけどな、こっちは」

櫂が言った。

「やだな。やめろよ。まだ先だよ。卒業したらだよ」

「そんな先じゃないよ。あと九カ月だよ」

翔平が言った。

「でもさ、俺名古屋帰るけど、卒業したらどっちにしても、今までみたいにはさ、俺たちも会えないんだよな。そりゃ、電話して、待ち合わせして、酒飲んだりするだろうけど、空き時間に、ラウンジ覗《のぞ》いて、誰かいるかなー、なーんだ翔平か、みたいなのはさ。……なくなるんだよな。どうせ」

啓太の言葉に、みんな、しんみりきている。沙絵はチラリと櫂の方を見、目が合うが、櫂が先に逸《そ》らした。茜はそれを見ていて、じれったくなった。

茜は翔平の袖《そで》を引っぱって、強引にどんどん連れて行く。

「何々？　服が伸びるよ」

「いいから」

茜は空いている教室に翔平を連れこみ、ドアを閉めた。

「何、監禁？　そういう趣味あるの？」

「……人に聞かれるわけにいかないのよ」

「あっ、告白？」

「あなたの頭ン中ってそれしかないわけ」

「…………」

「何よ」

「意外と今の言葉が突き刺さってたりして」

「軽いジャブでしょ」

「ストレートカウンターパンチかと思った」

「難しいことはわからないから、言わないで」

「難しくないんですけど……」

「あのね、あなたに相談があったの」

ほおっ、と翔平はシャチホコに返事をさせる。

「あっ。そうだ。さっきのこと、翔平くんっていい人なんだね。啓太くんのお父さんの手術に立ち会ってあげたりして」

「まっ、暇だったから」

「いいの。そういうわざとな憎まれ口は叩《たた》かないで。話が長くなるから」

「お前だよ。お前。お前が早く本題入れよ」

「お前？」

「……あなた様」

「あのね……、沙絵と櫂くんは、私、両思いだと思うの」

「両思い……中学生でちゅか？」

「でもね、沙絵は自信をなくしちゃってて、わざとうまくいかないようにしちゃうの。あの人、そういうとこあるの。耳のせいもあるけど、性格としても、そういうとこあるの。心が複雑骨折してるようなとこあるの」

「ああ、ちょっとわかる」

「あなたも、そうだもんね」

「あのさあ、もうちょっと人に物頼むんだったらさあ、言いようってもんが……」

「でねっ、ふたりにチャンスを作ってあげて欲しいの。ふたりがふたりっきりになるチャンス。なんか雰囲気のいい場所で――」


茜がノートに海の絵を落書きしている。授業中、沙絵の前に見せる。

「(ウミ……)」

「そう、ウミ。とうもろこしはうまいし、海は広いし、気持ちいいよ」

「(誰と行くの)」

「あ、まあ、それは、オレンジの会で」

「(ふうーん)」

沙絵は櫂とケンカしたままなので、気が進まない。

「行こうよ、深く考えないで。って言うか、行って。お願い」

「(なんで、行けばいいじゃん、海)」

「そうじゃなくて……翔平くんと」

茜は照れくさそうに言う。

「(あっ、えっ、マジ?)」

「素直になることに決めた」

そこにコッコッと先生が歩いて来て、「そこのふたり、なにコソコソ手話でおしゃべりしてるの？」と言った。


一方、耀の方は、啓太が請け合っている。

「いーじゃん、いーじゃん、行こうよ！　沙絵ちゃんも茜ちゃんも行くんだろ。青春の思い出ってやつだろ？　この前のキャンプも楽しかったしさあ」

「いや、啓太。お前はそんなに喜ばない方がいいかもな」

翔平が微妙な発言をする。

「なんでだよ。行くだろ、耀？　俺、卒業したら名古屋帰っちゃうんだぞ。そしたら、おいそれと、オレンジの会で海なんか行けなくなっちゃうよ。思い出作りだよ」

「…………」


耀は大学の門の前にレンタカーを停めた。幸い天気も味方してくれている。

茜がお腹押さえながら具合悪そうにやって来た。

「今さあ、来る途中で会って一緒になったんだけど、ハラ痛いんだって」

翔平が言う。

「えっ、大丈夫？　いきなり？」

「うん、さっきまで何でもなかったんだけど……」

「俺、ちょっとそこの病院まで連れて行って来るよ。お前はここで沙絵ちゃん待ってて」

「うん」


その頃、啓太は「上海ハニー」を歌っていた。浮輪やビーチボールなども用意している。

そこに、翔平から電話が入った。

「もしもしっ。おっ、翔平、今出るとこ、え……」

『いや、ワリイ。なんか急にな、俺、バイトが入っちゃって。断れないんだ』

「そうか、そりゃしょうがないな。ま、俺たちだけで楽しんで来るよ」

『いやいや、そう思ったんだけど、なんか茜ちゃんも体の具合悪くなっちゃったらしくて、今日とりあえず中止にすっかってことで』

「え、大丈夫？　うん、うん。そうかわかった。ま、また行けばいいんだし。うん、わかった、じゃ——」


大学前では、沙絵が車の前に頬づえついてしゃがんでいる。櫂はその横に立って、翔平たちが戻って来るのを待っている。そこに連絡が入った。茜は軽い便秘で大したことないが今日の海行きはやめておく。翔平も家まで付き添うので行けない。だから、二人で楽しんで来いよ、と翔平は言った。啓太も遠慮することになったと言う。

「(何だって?)」

「中止だよ。なんか、みんなダメになったんだ」

櫂は二人取り残されて、呆然《ぼうぜん》としたが、沙絵を家に送ってから、車をレンタカー屋に戻すことにした。

「(もったいないね。レンタカー、せっかく借りたのに)」

沙絵は持って来たお弁当や花火を見ている。

「……仕方ないでしょ」

「(…………。なんで、今日、手話、しないの?)」

「運転しててどうやって手話するの?」

「(そうじゃなくて、その前から)」

「頭にきてるから。あんたに、頭にきてるから」

「…………」

「あなたは、自分より下の人にやさしくするのが気持ちいいのよ、この間、君はこう言った。これまでの僕と君とのつきあいをこう言ったんだ。こんなふうに言われて頭にこないやつがいたら見てみたいね」

沙絵は櫂の腕を叩いて、唇読めないよとアピールする。

「君には失望した」

櫂は車を停め、はっきり顔を見て言った。そこに茜から電話がかかってきた。

『ごめんね。突然。ねえ、櫂くん――』

「何？」

『沙絵ね。本心じゃないの。たまに本心じゃないひどいこと言うの。櫂くんにいつか嫌われるのがこわくて、今すぐ嫌われるようなこと言っちゃうの』

「…………」

『沙絵の言葉じゃなくて、沙絵自身をわかってあげて』

「そんな難しいこと、俺にはできないよ」

『沙絵は、櫂くんのことが大好きなのよ――』

「……ごめん。高速の入口なんだ。切るよ――」

櫂は電話を切った。

「右、左、どっち？」

「(……私の家？)」

「……いや、海」

「(……右)」

沙絵はちょっとはにかんで、そして笑顔になった。

「了解――」

櫂も言って、笑顔になった。ともあれ、車は海へ向かって走り始めた。

「どうだった？」

翔平は電話を終えた茜にきいた。

「どうかな。でも高速とか言ってたから、海行くんじゃないかな」

「そう。さてと、じゃ、俺らはどこ行こか？」

「えっ？」

「まさか、人のデート段どらせただけで、そのまま帰すわけじゃないだろうね」

「……私、そんなお金、ないよ……」

茜は本心から言う。翔平はそんな茜をかわいく思う。

「いいよ、そこは。ワリカンで」

二人は映画館に入り、小洒落《こじゃれ》た洋画を並んで鑑賞した。茜は隣の翔平を意識してしまう。きわどいラブシーンで茜の手に翔平の手が触れ、茜はビクンとする。おそるおそる隣を見ると、翔平は寝息をたてて眠っているのだった。

映画館を出て留守電をチェックすると、翔平はバイト先の先輩から電話が入っていた。

「あ……すみません。ええ、もうやらないと思います。ええ、ええ、はい」

翔平は電話をして言った。

「誰？」

「カメラマンのアシスタントの先輩」

「そういえば、翔平くん、最近、バイト行ってなくない？」

「ああ、やめようと思って。おっと」

翔平は人にぶつかりそうになった茜の肩を引き寄せた。そのまま二人、歩いていく。

「どうして?」と茜はきく。

「どうして? どうしてだろう。向いてないからかな。才能もないみたいだし」

「才能……」

「俺さ、沙絵ちゃん見てるとうらやましいよ。自分が何やりたいかわかってて、才能もあって。耳が悪いのにやるんだぜ。根性だよな——」

翔平の言葉を、茜はやや複雑な気持ちで聞いた。

「——病気のせいで、耳のせいでそれがくっきり見えたってとこもあるんだろうな。将来、難聴のピアニストなんつって売れたりして。すっげー稼いでたりして!」

茜は翔平の手を急に強く振り払った。

「わかったようなこと言わないでよ!!」

翔平はその拍子にビルの壁にしたたか手をぶつけた。茜も勢いで壁に手をつく。

「自分の耳は聞こえるくせに。沙絵が、沙絵がどんな思いで耳ダメになったの克服したと思ってんのよ! あれからあの子がどんな思いで生きてきたと思ってんのよ!」

茜は涙ぐむ。

「……ごめん」と翔平は言う。

「仲間だったら、沙絵のことちゃんと知ってるんだったら、そんなこと言わないでよ」

「悪かった……。そういうつもりじゃなかったんだ。でも、冗談でも悪かった……イテ」

翔平は指を押さえている。

「いや、さっき、そこにぶつけた」

「あ……」


沙絵は助手席で、ひとり「上海ハニー」を踊っている。が、つまらないので、やめた。

耀は上海ハニーに合わせて歌う。が、やはり、つまらないので、やめた。ふたりは顔を見合わせた。

「(やっぱりふたりじゃつまらないね。この前は、みんなでやって面白かった)」

「ま、ハメられたわけだし、みんなはいないわけだよ」

「(ハメられた?)」

「俺らが、ふたりっきりで海行くように……」

「(えっ、そうなの?!)」

「そうだよ。いろいろおかしいだろ。急に腹痛くなったり」

「(……そうだったのか。止めて!!)」

「えっ?」

「(止めてよ!!)」

沙絵はサイドブレーキを引こうとする。

「うわっ、あぶねーよ!!」

耀は高速の路肩に車を停めた。沙絵は車から降りてしまう。

「どうする気?」

「(帰るから。ハメられてデートなんてとんでもないわ)」

「帰るって、もうここ海なんですけど……」

道路のガードレールのわきに、一面海が広がっている。沙絵は困ったように見渡した。


病院の診察室で女医が、翔平の指を診ている。

「はーい、ちょっと我慢してね」

女医は翔平のレントゲン写真を受け取った。ところが茜も自分の指を痛そうにさわっている。

「あら、あなたも? ちょっと待って、まずはこちらのボクからね。——あらら、ヒビ入ってる。でも大したことないわよー。はい次はあなた?」

女医は茜の指をつかむと、「アイタ……イタタタ……」と茜がうめく。

「しかし君たちは何やってんの? 痴話ゲンカ?」

「いえ……」

ふたり同時に答えていた。

「今ごろ櫂と沙絵ちゃんすっげー楽しかったりして」

翔平は病院を出ると言った。

「許せないな、私たち、ふたりとも指にヒビ入って」

「まったくだ……」

思わず、顔見合わせて笑ってしまう。

「腹減らねー？」

「減った！」

「あ、今、奢《おご》ってもらえると思ったでしょ？」

「え？」

「かわいい子はすぐそう思うんだ。間違いない」

「あ、ホントだ。思ったかも」

「金ないからファミレスだよ」

「いいよ」

二人は近くのファミレスに入った。

「……よく食うなあ。骨ヒビ入ってんのに」

「お互いさまでしょ。……ホントはね。ちょっとわかるとこあるの」

「え？」

「沙絵はいいなーって。才能あって。やりたいこと、はっきりしてて。まぶしいわ、たまに」

「……何やっていいのか探せなくて、探すほど大したものは自分になくて……。輪郭がぼけてんだ。人生先延ばしにしてるんだ」

「……なんか、自分のこと聞かされてるみたい」

「なんで？　茜ちゃんはちゃんと就職決まってんじゃん」

「何もないわ。少しでも、お給料がよくて、少しでも名前が通ってて、少しでも始業時間が遅くってって、そんなことで会社選んで、でも、だから沙絵見てると焦るわ。そんなもんなんだよね自分、って思えなくって」

「でも、そこで何か見つかるかもしれないし」

「……そうだね、ありがとう」

いつになく素直なふたりである。

「ねえ、俺――」

翔平は言った。

「骨にヒビ入れられて、あんたのことよけい好きになったよ」

「変なこと言わないでよ、急に」

「……送るよ、家まで――」

海風が心地よく吹いてくる。天気もよく、遠浅の浜に穏やかな波がうち寄せる。沙絵と櫂は砂山を作り、旗をてっぺんに立てて遊んだ。

海の風に吹かれる沙絵はきれいだった。そして、楽しそうだった。櫂は沙絵の手のひらにきれいな貝がらをのせた。


茜のコーポの前まで翔平は送って来た。

「上がってく?」

茜はたずねた。

「なんなら泊まってく?」

真顔でサラリと言う。

「……大胆だね」

茜は顔から火が出そうだが、ポーカーフェイスを装っている。

「今日は帰るよ」

「そう」

「覚悟いるんだ」

「え……?」

「あんたとそういうことになるには、覚悟いるんだ、いろいろとさ。今のままの俺じゃダメなんだ。見たでしょ? 俺の状態。安手のヒモみたいな。そういうの、ちゃんとして。俺もしっかりして。それから……。だから、待ってて」

茜は真摯《しんし》な気持ちで言った。

「待ってるよ」


日が暮れる前に、櫂と沙絵は花火をして遊んだ。

「(次、ドラゴン、やろうよ)」

「えっ、いきなりかよ。もっと他のない？　それ、最後だろ。順番ってもんがあるんだよ」

「(うるさいなあ。私が小さい頃は、ネズミ花火の次はドラゴンだったのよ)」

「それどこの話だよ」

櫂が言っていると、横を行き過ぎる若者たちがヒソヒソ指さしながら歩いて行く。沙絵は手話のせいだと気がついた。

「だいたい、まだ早いよ。もうちょっと暗くなってからじゃないと無理だよ」

「(……手話、やめなよ)」

「え？」

「(あなたまで聞こえないと思われる。みんな、何か言いながら見てくよ)」

「いいじゃん、言わせとけば」

「(よくないよ。よくない)」

「俺はかまわないよ」

「(あなたがかまわないのは、ホントは喋《しゃべ》れるからよ。その耳が聞こえるからよ)」

「…………」

「(だから私なんかとつきあわない方がいいのよ、あなたまで笑われる)」

「笑われたっていいよ」

「(私がイヤなの。私のせいであなたまで笑われるのはイヤなの)」

「…………」

「(よく考えたら私、あなたぜんぜんタイプじゃないし。あなただって、しゃべれない聞こえない、こんなカッコ悪い私とつきあうことないのよ!!)」

「何言ってんのか、ぜんぜんわかんないんですけど」

　櫂は怒った。

「(あなたと私は違うのよ！　仲良しごっこはもうおしまい！　今までつきあってくれて、どうもありがとう！　じゃね)」

　沙絵は憎々しく言い残し、踵《きびす》を返して行く。櫂は怒りとも悔しさともつかぬ中で、その沙絵の後ろ姿を見ているが、突然、海の波の音に押されて「サエー!!　萩尾沙絵ー!!」と沙絵に叫んだ。

「口悪いぞー!!　性格悪いぞー!!　顔かわいいかもしれないけど、もてねーぞー!!」

　海辺にいた人たちがみな、何ごとかと見る。沙絵とすれ違うグループやカップルも何ごとかと見る。

「でも、好きだー!!　お前が好きだー!!」

みんな、クスクスと笑って見ている。

沙絵は周囲の様子で気がついて、立ち止まって振り向く。

「俺はお前が好きだー!!　どうだー、喋れないお前もカッコ悪いかもしれないけどこんな大声で、喋りまくる俺も、カッコ悪いぞー!!　みんな見てるぞー!!」

櫂が叫んでいる。沙絵はあわてて櫂のところまで走った。「どうだー!!」と櫂はテンションが高く絶叫する。沙絵は口を押さえた。

「(やめてよ。びっくりするでしょ)」

櫂は息を切らしながら、沙絵を愛《いと》しそうに見つめている。

「(……もう一回、言って)」

「何を?」

「(さっきのとこ)」

「どこを?」

「(……好きだって……とこ)」

「ずるいな、お前、ホントに……」

沙絵は櫂を見つめている。

「好きだ……」

櫂は言った。

「(好きだ)」

次は手話で言った。

沙絵は櫂に抱きつき、櫂は沙絵を抱きとめた。ふたりは夕暮れの中、何度も、キスをした。

9

沙絵と櫂は、海辺でお互いの気持ちを確かめ合った後、櫂の部屋でひと晩を過ごした。

櫂に抱かれて、沙絵の心は、ひとりぼっちの闇から解き放たれ、温かく、穏やかなものに包まれるようだった。

沙絵は耳が聞こえなくなってからずっと、音の闇に怯《おび》えていた。

＊

誰か電気をつけてって、私は泣いてた。

でも、言えなかった。誰にも言えなかった。

今、こうして櫂のおかげで、豆電球、ほんの数ワットだけど、闇に灯《あか》りがついた。

＊

「ずっと消さないから——」

櫂は言ってギュッと抱きしめてくれた。

「(あなたが愛してくれたら、生きていけるかもしれない)」

沙絵は部屋の淡い明かりの中、耀を見つめた。

「……愛してるよ……」

耀の言葉に、沙絵は微笑んでいた。

「(……愛してる)」

今度は手話で伝える耀の手に、沙絵はそっと触れた。

「(生きていて、よかった。生まれて来てよかった。あなたに、会えたわ——)」

沙絵は耀の隣で、安心したように眠った。


「ホントに送らなくて平気？」

翌朝、耀はコーポの前まで見送った。朝から心地よく晴れている。

「(平気。じゃね)」

自転車に乗ろうとして、沙絵は一瞬目の前がグラリと揺らいで、バランスを崩し、その場にうずくまってしまった。

「どうした？」

耀が心配そうに駆け寄った。

「(ん？　ちょっと、なんかめまいして……)」

「大丈夫？」

「(……大丈夫)」

沙絵はなんとか立ち上がり、自転車にまたがった。

「(家に着いたら、メールするね)」

「ああ。メールする」

照れたように櫂が笑い、沙絵もつられて笑う。自転車で去る沙絵を櫂はうれしそうに見送っている。が、櫂に見えないところで、沙絵の表情に心配の影がさしていた。


「(ドイツ?)」

沙絵は話を聞くなり驚いて、思わず聞き返した。

「そう、クラウス交響楽団がママを呼んでくれたの」

「(すごい!)」

「そう、ママの夢よ」

ゆり子は満面に笑みを浮かべている。

「(すごいじゃない。よかったね!)」

「沙絵も一緒に行ってくれるでしょ?」

当然といったように切り出したゆり子に、沙絵は戸惑ってしまう。

「(……どれくらい、行ったままになるの?)」

「さあ……。最低三年くらいは……」

「(そう……)」

「あ、まだ時間あるの。ゆっくり考えてみて」

沙絵はうんとうなずいた。

沙絵は自室に戻り、机の上の貝殻を見つめた。あの日、櫂と一緒に行った海で拾った貝殻。沙絵の掌《てのひら》に、その貝を櫂が落としてくれた――。


早朝、茜はいてもたってもいられなくなって、気がつくと翔平の家を訪ねていた。

「お早う」

茜は所在なく言う。

「……お早うって、ホントに、とても早い。まだ、7時半とかなんですけど。ほら、『サタデーずばッと』とかやってるし……」

翔平はパジャマ姿のまま、寝ぼけ眼だ。

「迷惑だったかな……」

「……いや」と一応言ってはいるが、翔平は面食らっている様子だ。

「昨日、眠れなかったの」

茜は言った。翔平の妹のあゆみが忍び足でやって来て、密《ひそ》かに二人の会話に聞き耳を立てている。

「このまま……このまま、夏が来て秋が来て、冬が来て春が来て……何もないまま終わってくんじゃないかと思ったの」

「……何が？」

「何が……。私たちが……」

茜は言いよどんだ。翔平は妹の聞き耳が気になって、すぐには答えられない。

「あっ、ちょっと。待ってて。着替えるから。出ようか、そのへんの喫茶店とか……」

「まだ、喫茶店どこもやってないんじゃないかなー」

ヤキモキしていたあゆみが口をはさんだ。

「あ、お早うございます」

恐縮する茜を、あゆみはワクワクした表情で見つめている。

「あの、どうぞ。上がって下さい。朝ごはん、今作ってて、一緒にどうですか？　納豆とか混ぜてたとこで」

あゆみが笑顔で誘った。

「納豆食いながらこれからのふたりの話ができるかよっ……」

翔平がガラにもなく照れて、妹の頭を軽くこづいた。


沙絵がカナリヤの餌を小鳥屋で買っていると、通りの向かい側の男が同じ方向について歩いてくる。

「沙絵ちゃん!!　沙絵ちゃーん!!」

男は親しげに大声で呼ぶ。沙絵は聞こえないので気がつかない。男はアクションつきで、大きく手を振り続けている。

沙絵は気配でそっちを向いて、誰だろうと首を傾げた。が、その顔にだんだん思い当たって、思いっきり笑顔になった。

小さい頃、よく遊んでくれた春樹《はるき》だ。

沙絵も大きく手を振った。


茜は翔平の家にあがり、居間で翔平と向き合って座っている。あゆみも交えて三人とも、なんとなく所在なく、会話が途絶えている。

「あっ……私、コーヒーとかお菓子とか買って来ます。そこのコンビニで」

あゆみが気を利かせた。

「あ、お前、金は？」

「あるよ」

「あるよって、それお前、俺の財布だろ」

あゆみは笑いながら出て行く。子どもの頃に遭った事故の後遺症で、足を引きずっている。翔平は心配そうに妹を見送ってから、茜に言った。

「……あいつのことは、俺が守るんだ」

「……え？」

「あんなだからさ……」

「私も守るよ」

茜はこともなげに答えた。

「翔平くんが守るものは、私も守る。すごくかわいいじゃない。すごくかわいい顔してる」

茜の言葉を、翔平はどう受け取っていいのかわからない。つい、カチンときた顔になってしまう。

「でも、足……あんなだし――」

「そんなの関係ないよ」

茜はにっこり笑った。

「問題あるとすれば……髪形かな」

「髪形……？」


沙絵の家で、春樹は華麗にピアノを弾いている。沙絵とゆり子は聞き入った。

「（すごい）」

沙絵は手話で伝えた。

「（ありがとう）」

春樹は手話で応《こた》えた。

「…………?!」

「おばさんに聞いてたから、習ったんだ。手話。大変だった。約ひと月、死ぬ気でがんばった。どう、イケてる？」

「（イケてるイケてる）」

「よかった……。でも、びっくりしたよ。大変だったね、病気……。ドイツにいたからまるで知らなかった」

「……………？」

「春樹くん、ドイツのクラウス交響楽団でピアノ弾いてるのよ」

「（すごい。それ、ママの行くとこじゃない！）」

「私たちがドイツに渡ってからも、いろいろ面倒みてくれるって。あんたたち、久しぶりよね。もう15年ぶりくらい？　小さい頃仲良くってねー。よくふたりで連弾してたわよねー。ふたりでカーテンのベールかぶって結婚式挙げてたわよ。沙絵は、春樹くんと結婚するんだ、なんて言ってね」

「（やめてよ。昔の話でしょ？　それに親戚《しんせき》どうしは結婚できないのよね）」

「ああ、それは大丈夫よ。春樹くんは、私のイトコの子どもだからハトコでしょ？　結婚できるわよ」

「（……ママ、やめてよ。冗談よ）」

「あ、そうか。ごめん。春樹くん、しばらく休暇取って日本に帰って来たの。ここにいるからよろしくって」

春樹は沙絵に「お世話になります」と笑いかけた。

「なんで、お前がついてくんだよ……」

翔平は毒づいた。茜とのせっかくのデートに、妹がぴったりくっついてきたのだ。

「いいじゃない。うわー、ステキなお店いっぱい。目移りしちゃうな」

あゆみは青山のストリートを歩きながら、キョロキョロしている。

「やめろよ、田舎もの丸出しなんだよ」

「どーしよかな、どこ入ったらいい？」

あゆみは茜にたずねた。

「じゃあさ、髪の毛切らない？」

茜は持ちかけた。

「えっ、どこで？」

「私がいつも行ってるとこ。表参道なんだけど」

「あっ、ウソ！　行きたーい。私、いつも、家の近所で切ってるの。あっ、そうだ、持ってくればよかったな。私、切り抜きいっぱい集めてて、なっちとかみたくしたくって……」

「顔が違うだろ！」

翔平はツッコミを入れた。

しかし、髪を切って美容室から出てきたあゆみは、翔平が目を見張るほど、垢抜《あかぬ》けていた。

「かわいいよ!」

茜は満足そうに言って、微笑んだ。

沙絵はゲストルームに春樹を案内した。

「(この部屋使ってね)」

春樹はうなずいて、「……大変だったね」と言った。

「耳のこと。何も知らなくて、何もできなくてごめん」

「(……ううん。いいこともあるよ)」

「いいこと……。なんだろ……」

「(……たとえば、うるさいファミレスでも勉強がしやすい。隣のテーブルのギャルの声が聞こえない——)」

「なるほど……」

春樹が微笑み、沙絵もにっこり笑った。二人の間に、親しかった子ども時代の感覚が戻ってきた。

「よかった。沙絵ちゃんが変わってなくて」

春樹は安心したように言った。

「いや、いろいろ大変だったんだろうけど、その笑顔は昔のままだ」

春樹の言葉を、沙絵は素直に受け止め微笑んでいた。

「春樹くん、見える見える——」

ゆり子は春樹を引っ張った。沙絵はアルバイト先のホテルのラウンジでピアノを演奏している。

「おばさん……そんな……。スパイみたいだな……」

二人は沙絵から見えないところで、ピアノを聞いている。

「どう?」

「……いいじゃないですかね。しかし、すごいな、耳が聞こえないとはとても思えない」

「ほんのね、ほんの少し聞こえてるらしいの。音域によって……。高い方かな。ぼんやりとだけど。それを頼りに弾いてるようなとこ、あるらしいわ」

翔平が風呂《ふろ》から出ると、妹が誰かと電話をしていた。

「あ、うん。じゃあ、また。はい、はい」

あゆみは急いで切った。携帯の着信には『母』と出ている。兄には言えない。勝手に男を作って出て行ってしまった母親を、翔平は憎んでいる。

「何だよ、もう寝ろよ」

翔平は怪訝《けげん》そうに言いながら、ビールを飲み始めた。

「ねえ、お兄ちゃん。……あのおねえさん、いい人だね」

あゆみは布団に入りながら話しかけた。

「……ああ……」

「そいでね、あのおねえさん、いい匂いした」

「ああ?」

「この辺で、あんな匂いする人、いないよ」

「……そうかよ」

「うちのお母ちゃんなんか香水プンプンして臭いもん」

「ああ……そうだな」

翔平はちょっと笑う。

「あんな人がお母ちゃんだったらよかったな。……あ、お母ちゃんには内緒だよ」

「ああ……」

「おやすみ」

「うん……」

沙絵は櫂に春樹のことを話した。

「(妬《や》く?)」

「妬かない」

「(どして？　結婚の約束したんだよ)」

「五歳の時でしょ。妬く気にならない」

「(どうして？　私を信じてるから？)」

「……安心しちゃってるのかな、なんか」

櫂はコーヒーをいれて、沙絵の隣に座った。沙絵は寄りそうように櫂の近くに座った。

このところ、沙絵は櫂の部屋によく来るが、櫂はまだ少し、照れてしまう。

「(ねえ、知ってた？)」

「―――？」

「(私、目を閉じると、本当に真っ暗闇に行くの)」

沙絵は言って目を閉じた。

「(何も聞こえないでしょ？　だから目も見えない。耳も聞こえない)」

沙絵は目を閉じたまま、手話を続けている。

「(でも、あなたがわかる)」

「どうして？」

櫂は沙絵の手を取って、どうして？　という手話を示した。沙絵は心地良さそうにされるままになっている。「どうして？」と櫂はもう一度たずねる。

「(心がそばにいる)」

沙絵は目を開けた。

「(……ような気がする)」

擢は沙絵の身体をそっと抱き寄せながら、思った。

＊

僕たちは、できる限りいっしょにいた。抱き合って、抱きしめ合って、届かない声を聞こえない声を、おぎない、越えた。

ひとりじゃ弱い僕たちは、ふたりで強くなろうと決めた。

少なくとも僕は、そのつもりだった――。

＊

ある日、沙絵が家に戻ると、ゆり子が「受けてみない?」とコンクールのパンフレットを差し出した。

「いけると思うの。春樹さんもそう言ってくれてる」

沙絵は春樹を見た。

「もし、やる気になったら僕がピアノ教えるよ」

「(マジ?!)」

「マジ……。っつーか、そのために手話、特訓で覚えました」

「……………」

「ママが言うのも変だけど、あなたは才能があるの。ママになかった才能があるの。どうかしら？」

沙絵はどう答えていいかわからず、ゆり子を見た。

「ま、単純に沙絵ちゃんと話すためってのもあったけど、おばさんに言われて」

「（そうなの？）」

文学部校舎のラウンジでは、啓太、櫂、沙絵、茜が談笑していた。そこに翔平がやってきた。

「この間は、どうも」

翔平は茜の隣に座り、いつになくぎこちなく言う。

「あいつ、あゆみ、すっげー喜んじゃって、なんかいきなりモテだしたとかって」

「へえ……」

「あのさ、お礼にメシでも」

「いいよ、お礼なんて。そのお金で、妹さん、どっかに連れてってあげて」

「……わかんねーかな。デートに誘ってんだよっ」

翔平がつい大きな声で言うと、オレンジの会のメンバーはいっせいに二人を見た。櫂と啓太がふざけてヒューとはやしたてる。茜と翔平は意識し合い、しきりに照れていたのだった。

沙絵は啓太の前にお茶を置いた。「(大丈夫?)」と茜に決定的に失恋した啓太を気づかった。啓太は「大丈夫」と手話で返した。手話が、二人の間をやさしく行き交った。

沙絵は楽器店の前を通りかかって、海外の若手天才ピアニストのポスターに目を惹《ひ》き付けられていた。音大生らしき女子学生が来て「すみません」と沙絵のかたわらのコンクールの応募用紙を取って行く。母がすすめてくれたコンクールだ。沙絵は身を引きながら、応募用紙を見つめた。

その頃、春樹はゆり子と、沙絵の耳のことを話していた。

「ドイツにいいお医者さんがいるんですよ。その道の権威と言うか。偶然、やっぱり音楽仲間に沙絵ちゃんと同じ病気で、去年、耳の手術したやつがいて」

「その人……どうだったの?!」

「100パーセントとは行かないけど、6割方、戻ったみたいですよ。聴力が……」

「そう……。あ、沙絵にはその話、しないで」

「もちろん。そんな僕から気軽に言える内容じゃないでしょう」

「ん……。前から考えてないわけじゃないんだけど、手術の話は、とても微妙なことなの。だから、まだ、言わないで。時が来たらちゃんと私から言うから——」

沙絵は櫂にコンクールのことを相談した。

「(受けてみようかと思うの)」

「…………」

「(どうかな?)」

「……競わなきゃいけないの?」

「(え……?)」

「いや、コンクールって要は競争でしょ? ただ、弾いてるだけじゃダメなのかと思って」

「(……試してみたい。自分の力、試してみたいの)」

「……わかった、了解」

櫂は言った。


「いつから、そんな話になってんだよ」

翔平はあゆみに詰め寄っていた。

「もう二週間くらい前かな」

「……俺は反対だからな」

「そう言うと思って……。お母ちゃんも、それ、わかってる」

「……だったら、何話す必要あるんだよ」

「でも、お母ちゃん、その……男の人と別れてひとりになったのよ……だから、戻って来たいって」

「……勝手に出てって、んなこと知るかよ」

「ひとり、寂しいと思うの」

「何言ってんだ、今さら」

「私、一緒に住んだげようと思うの」

「…………！」

「ここで。お兄ちゃん、前、卒業したら一人暮らししたい、とか言ってたじゃない？　もっと綺麗《きれい》なとこで」

「俺に出てけって言うのかよ」

「そうじゃないけど」

「そうじゃないかよっ」

翔平は怒鳴った。

「お前な、頭おかしいんじゃないのか？　あの母親はな、男とっかえひっかえして、そいでふられて戻って来たいのかもしんないけど、お前のその足、お母ちゃん、追っかけて事故ったんだろ？　男んとこ行くお母ちゃん追っかけて、事故ったんだぞ」

「……好きだから、追っかけたんだよ」

あゆみは言った。

「お母ちゃんのこと、好きだから、追っかけたんだ……」

あゆみの目がうるんでいる。翔平はひるんで、「バカッ。話になんねーよ」と言い残して、家を飛び出した。


沙絵は春樹からピアノのレッスンを受けた。

「(そこ、ふわっと生まれたての小鳥が飛ぶみたいに)」

春樹が手話で伝える。

「(生まれたての小鳥が初めて飛ぶ時みたいに?)」

「そう、慎重にそして大胆に……。ペダルは、出来れば、自転車のペダルを踏むみたいに」

「(自転車のペダル?)」

「そう、楽しくなってきて、どんどんペダル踏んで、E.T.の自転車みたいに飛ぶかもしれない!」

沙絵は春樹の言い方に、ニコリと笑ってしまう。

「あれ、なんかおかしい?」

「(ううん、すごく楽しくなってくる。ピアノと一緒にグルグル空まで飛んできそうよ)」

「そう! そういうピアノなんだよ、沙絵のピアノは」

「?」

「あ、ごめん。興奮して、手話忘れてた。——沙絵には、瞬発力がある。そして自由だ。その頭の中で思い描くピアノに力があるんだよ。すごい創造力だ」

「(……褒めてくれてる?)」

「大絶賛!」

沙絵はクスッと笑った。

「できれば、一生、こうやって教えてたい、と思う」

沙絵は戸惑い、ふと意味を計りかねた。

「ごめん……。練習中はナンパ禁止だな。じゃ、次の小節から」

沙絵はやや動揺して、ミスタッチをした。


翔平は茜の家を訪ねていた。

「ごめん、突然——」

「……どうした?」

茜はやさしくたずねる。

「やりきれない……。やりきれねーよ」

「…………」

「あ、フッー、上げるだろ。お茶でも飲む? とか言って」

「あっ……。そうだね。なんか、ちょっと、普通じゃないような感じあったもんだから。

上がって――」

翔平は茜をいきなり抱きすくめた。

「翔平くん……？」

「……このまま抱きたい。ダメ？」

「……いいよ。寝ちゃおう……」

茜は天使が夢見るようにやわらかく言った。


文学部のラウンジで櫂と啓太が話している。

「ねえ、世の中では何が起きてると思う？」

櫂はたずねた。

「うん？　昨日はドラゴンズが勝って、ニート彗星《すいせい》とリニア彗星が見えるらしいよ……」

「いや、そうじゃなくて、もう少し狭い世の中のこと。オレンジの会の別のメンツとか……

…」

啓太は読んでいた雑誌を置いた。

「俺さあ――こう聞いてたわけ。大学生なんて暇じゃん？　それに若いし。彼氏とか彼女とかできると、もう、とめどないよ。もう、さかりのついた犬か猫みたい……」

「やめろよ、お前、そういう……」

櫂は周囲を気にした。

「なのになんで、櫂くんは、ひとりでここにいるの？」

「……彼女は……ピアノのレッスンに余念がないんだ。コンクールに向けて」

「はあ……」

「あ、でも、翔平と茜ちゃんはきっと……」

「あ……。その先は言わなくていいから。一生言わなくていいから」

啓太は雑誌で顔を覆っている。櫂は雑誌を奪い、啓太をマジマジと見つめた。

「何？」

「いや、泣いたりしてるのかと思って」

「もう、泣いてないよ」

「そう。いつまで泣いてたの？」

「……しかし、沙絵ちゃんはあれかねえ。櫂よりもピアノコンクールの方がいいのかね」

啓太がやり返した。

「……ケンカ、やめようよ。残されたふたりで、ケンカしてたら、悲しすぎるよ」

「悲しい……とか、言うなよ」

「…………？」

「そういう、単語はよそうよ。ホントに悲しくなるよ」

翔平は夕方になって家に帰った。あゆみはスナック菓子を食べてテレビを見ている。ふと、兄の方を見るが、すぐにテレビに目を戻す。翔平は隣に来て、スナック菓子の袋に手を突っ込んだ。

「なんだよ」

翔平は言った。

「なんか、シカトしてるわけ？」

「いや、朝帰りっていうか、もう夕方だけど、そういう所は、見ちゃいけないのかなー、と思って」

「んなもん、今までだってあっただろ」

「でも、なんか、こう、まとってる空気が違うっていうか。後ろ、お花畑みたいな」

翔平は焦ってむせている。

「あ、あてずっぽで言ったのに……」

翔平の携帯が鳴った。

カメラ・アシスタントのバイトで世話になっている写真事務所からだった。

「はい、もしもし。あ、岩崎先生……。お久しぶりです……」

翔平は喫茶店に呼び出されていた。

「チベット？」

「ああ。チベットからネパールに回って、カンボジアに抜ける。三カ月くらいかな。一度日本に戻って、また行こうと思ってる。トータル半年くらいかな。どう、興味ないか？もう卒業だろ、大学」

岩崎はその旅に、アシスタントとして翔平を連れて行きたいと言う。

「先生……。俺、前に聞いちゃったことあるんです。俺、雇っとくのは、女受けがいいからだって、話してるとこ」

岩崎はクスッと笑った。

「認めてない。認めてもないが、認めてなくもない。ん……何言ってんだかな。——まだ、お前はゼロだと思う。白紙だ。でも、言われたことはきちんとやる。意外と気もきくし、時間はちゃんと守る。基本的なところは信用してる。よくも悪くもそれだけだ」

「…………」

「でも、ゼロはこれから1にも2にもなるだろ。君次第だ。それくらいには、思ってる」

コンクールの日がやってきた。沙絵の出番になり、客席にいる櫂は緊張した面もちで舞台を見つめていた。後ろの席には啓太、翔平、茜がいる。舞台袖《そで》に立っている沙絵を、横にいたゆり子が励ました。沙絵はしっかりとうなずいて、椅子に座り、鍵盤《けんばん》に指を下ろした。

華麗でダイナミックな演奏がはじまった。なめらかに滑るように、沙絵は緊張を忘れて弾いている。が、突然、表情が変わった。その後、タッチがぐちゃぐちゃに乱れて、演奏を続けられない。沙絵は呆然《ぼうぜん》としている。ゆり子が舞台袖から飛び出して、沙絵の肩を抱いた。

「ごめんなさい！　あの、もう一回。もう一回、お願いします!!　もう一回」

審査員に向かって叫んでいる。

「ほら、もう一回、弾いて。弾くの、沙絵！　最初から」

ゆり子は手話で沙絵をあおり、事情を知らない観客は何事かと見ている。

櫂は席を立った。舞台袖の階段を上がって「お母さん、もう、無理です」と諭した。ゆり子は諦《あきら》めきれない悲痛な面もちで立ちつくしている。

「もう、やめよう、沙絵――」

櫂がうながすと、沙絵は素直に従い、立ち上がった。

「すみません、辞退します」

櫂は審査員に向かって言った。


講堂の屋上で、沙絵は櫂の肩にもたれかかっていた。

「(ねえ――)」

沙絵は櫂の前で手を揺らした。

「(何?)」と櫂も手を揺らして応《こた》える。

「(櫂はこうなることがわかってて、反対したの？　コンクール出るの)」

「反対したかな？」

「（あんまり、乗り気じゃなかった）」

「……正直、うまくいかなかったら、沙絵はショックを受けるだろうなって思った。そうしたら、かわいそうだと思った」

会場内から、誰かの演奏が終わり、拍手の音があがってくる。

「ねえ、おいしいココア御馳走《ごちそう》するよ。ここ出よう」

櫂は場所を変えた。

「（おいしいココアってここの？）」

いきつけのル・リストで、沙絵は少し元気を取り戻した。

「うまいだろ？」

「（うまいけど）」

沙絵は顔を曇らせ、「（……突然）」と話し始めた。

「（――突然、耳がまるで聞こえなくなったの。いや、いつもほとんど聞こえないんだけどね。ちょっとだけ、聞こえてるの。音域によってはね。高い音はね。説明しづらいけど、なんだろ。プールの中で、潜ってて向こうから人に呼ばれた時みたいな、プールの中で、ピアノ弾いてるみたいな、そんな風には聞こえるの。かすかだけど音。だから、人の気配とかまるでわからないわけじゃない――）」

「…………」

「(それが、さっき、一瞬、まるで聞こえなくなった。弾いてる最中に……)」

沙絵の話を、櫂は深刻に受け止めている。

「(そしたら、そんなの初めてだったから、なんかパニクっちゃって……。上がっちゃったんだね、情けない。本番に弱いの――)」

沙絵は何でもないことのようにサラリと言う。櫂は近くにいるのに、どうしてやることもできない。


「あの子の笑顔が見たいだけなのよ……」

ゆり子は春樹に言った。

「あの子に、あの子に自信を持たせてやりたかったの」

「わかりますよ」

「なんか、鬼母みたいね、私」

「そんなふうに思ってないですよ、沙絵ちゃんは」

「……しゃべってたあの子を返してよ」

ゆり子は涙ぐんでいる。春樹もせつないが、せめて淡々と聞こうとつとめた。

「声あげて笑ってたあの子は、どこ行ったのよ。私とフッーにおしゃべりしてたあの子は」

ゆり子はそれ以上、もう言葉にならない。

「……僕は……僕は昔と同じように、沙絵ちゃんが好きですよ」

「…………」

「昔以上かな。いい子に育ったと思います」

「本当？」

「僕にできることは、なんでもします。一生、僕が守ってもいいと思ってます」

「本気なの？　春樹くん」

「ええ……」

「ありがとう……。うれしいわ……。うれしいです……」

ゆり子の瞳《ひとみ》からまた涙がこぼれた。

沙絵は櫂と一緒に本屋にいた。櫂は作業療法士関係の本を立ち読みしている。

「(ごめん。私、忘れ物しちゃった)」

「何？」

「(楽譜。控室に置いてきた。ちょっと待ってて)」

「オッケー」

沙絵はコンクール会場に戻った。控室を覗《のぞ》くと、ピアノピースが置いてあるのに気がついた。沙絵は手に取り、舞台をチラリと見やった。沙絵は引き寄せられるように舞台にあがり、ピアノピースをピアノのところに置くと、客席に向かって一礼した。

目を閉じると歓声が聞こえる。沙絵は拍手の音を脳裏によみがえらせていた。

沙絵はピアノを弾き始めた。しばらくして、櫂が講堂にやってきた。櫂は客席で沙絵の演奏を聞いた。沙絵はふと顔を上げ、櫂に気がついたが、そのまま弾き続けた。

演奏が終わって、櫂は拍手した。沙絵は立ち上がって、櫂の方に一礼した。

櫂はひと際大きく拍手を送った。そして、手話で伝えた。

『僕が審査員だったら、君が大賞だ。君は神様に選ばれた人だ――』

沙絵は心の中で、櫂の言葉を反芻《はんすう》する。

沙絵の顔にふわりとした笑みが戻った。


櫂はオレンジに向かって飛びついた。が、かすっただけで取れない。

「(もう一回)」

沙絵がダメ出しをした。

「えーっ、もう一回?」

「(どうしても、あれが欲しいの。初めて会った時に、私のバイオリン聞いてくれた時に、くれたみたいに)」

「わかったよ……」

櫂はもう一度助走をつけて、ジャンプした。取れた。しかし、尻《しり》もちをついてしまった。

「(大丈夫?)」

「なんとか、大丈夫だろ」

　櫂は手の中のオレンジをチェックした。

「（そうじゃなくて、櫂だよ）」

　沙絵はお姫さまのように手を差し伸べ、汚れた櫂の服を払った。

「……ねえ、本当のこと言って」

　櫂はふいに切り出した。

「病院に行った方がいいんじゃないの？　この前もめまいしてただろ。まるで聞こえなくなったの、今日が初めてじゃないんじゃないの？」

「…………」


　櫂は沙絵を大学病院の診察室に連れて行った。検査が終わり、櫂は沙絵に付き添って、診察室で結果を聞いた。

「んーっ、このデータを見てるとね、やはり、わずかながらの聴力がね、それがまた以前よりも落ちてる。近視が進むようなものかな」

　櫂が手話でそれを沙絵に訳した。

「この病名から考えると、このままで行くとまるで聞こえなくなる可能性が高いと言わざるを得ないんですね……」

　櫂は途中まで訳すが、まるで聞こえなくなる、という部分で躊躇《ちゅうちょ》した。手話が止まり、沙絵が櫂を見た。櫂は医者に言った。

「……そんな。今、少しは聞こえてるんですよね。それを残す、そのままキープする手立てはないんですか？」

「手術……ですね。健常者のように聞こえるようにはならないんですが、うまくすれば、4割程度は、聞こえるようになります」

「……うまくいかなければ？」

櫂は沙絵には聞こえないとわかって聞いている。医者は答えた。

「全く聞こえなくなります」

沙絵は会話から置いてきぼりにされ、何？　と小首を傾げた。


病院を出て、櫂と沙絵は中庭の緑の中を歩いた。

「(手術の話は知ってるの。前も聞いたことある)」

沙絵は言った。

「そう……」

「(成功率は60パーセント。6割。——6割よ)」

沙絵は顔をゆがめている。

「沙絵、手術しないか？　そいで、よくなったら、ピアノも今よりずっと弾きやすくなる。生活の幅だって、きっと広がるよ」

耀が言うと、沙絵はうつむいて「(……こわいよ)」と手話で言った。

「……うん。でもさ、神様は、それを乗り越えられると思った人に、試練を与えるんだ」

「(……過信してる)」

「過信してる?」

沙絵はうなずいた。

「(私のこと買いかぶり過ぎだわ。神様)」

「…………。私のこと、買いかぶり過ぎ? 神様」

沙絵は深くうなずいた。

「……オレがいる」

耀は言った。

「俺も、いる。……どう?」

「(……ありがとう)」

しかし、沙絵には不安の表情が残っていた。

しばらくたったある晩、10時になっても帰宅しない沙絵を、ゆり子が心配していた。アルバイト先のホテルからは、とっくに出たらしい。ゆり子は何かあったのではないかと焦り、アドレス帳を見ながら、心当たりに電話している。

「代わろか?」

春樹が申し出たが、ゆり子はあくまで自分の手でやろうとしている。

「あ、茜ちゃん？　夜分にごめんなさい。沙絵の母のゆり子です」

『あ、おばさん。どうしました？』

「沙絵が……沙絵が帰って来ないのよ――」


耀の携帯に茜から連絡が入った。

「沙絵が、行方不明だって――」

耀の顔色が変わった。一緒に飲んでいた翔平と啓太も心配になり、捜すのを手伝うことにした。

茜はいち早く沙絵のマンションに駆けつけた。

「ああ、ごめんなさいね。茜ちゃん」

「いえ。来ても仕方ないのかもしれないけど……」

「ううん、心強いわ」

チャイムの音がした。春樹が玄関を開けると、耀が気まずく会釈した。一瞬、何気なく二人は見合った。

「携帯にメール打っても返信がないのよ。さっきから何度も打ってるんだけど」

ゆり子はすっかり取り乱している。「お邪魔します」と耀が入ってきた。「大勢ですいません。でも、なんか力になれるかって」と翔平が言った。

「耀くん、何か心当たりない？」

茜がたずねる。

「何か、何でもいいの。知らない？」とゆり子がとりすがった。

「……先日、一緒に病院行きましたけど――」

耀は言った。

「病院……？」

「耳の……」

「……聞いてないわ……。何か、話した？　あなたと」

「手術の話をしました」

「……え……？」

「僕は、した方がいいんじゃないかって勧めました」

「……何ですって……？」

「関係あるかどうかわからないけど……」

「何でそんな勝手なこと言うの？　あなた」

「え……？」

「他人でしょ？　他人がなんで、そんな勝手なことを言うのよ」

「……だけど、手術したら治るって……」

「6割よ、その手術の成功率は6割なのよ。残りの4割に入ったら、あの子は完全に聴覚を失うのよ」

「でも、成功する6割に入るかも……しれないじゃないですか……」

耀はゆり子の気迫に気圧《けお》されながらも言った。

「……あの子の病気は、何十万分の1の人がなる病気なの。そんなのにかかるなんて、とっても運が悪いと思うの——」

耀はゆり子が何を言わんとしているのかわからない。

「——そうするとね、もう、自分が成功する6割に入るなんてこと、簡単に信じられなくなっちゃうのよ。きっとダメな4割に入るんだってこわくなっちゃうのよ……」

耀はいたたまれない気持ちになった。

「手術が失敗して、聴力を完全に無くすのは、あの子なの。あなたじゃない。今聞こえてるそんなかすかな音って、思うかもしれないけど、そのかすかな音で、それでやれてることもたくさんあるの。自転車だって乗れる。ピアノだって弾ける。人の気配もどうにかわかる。それにね、手術に望みをつないでるの。それをやればよくなるかもしれないって、最後の手段なのよ。ねえ、人生ってどんなに今が真っ暗でも、この先に光が見えれば、生きていけるのよ。そういうものなのよ。それやって、手術して失敗して聞こえなくなったら、あの子は何を希望に生きてけばいいの？　もう打つ手は何もなくなるのよ。あの子にとって、手術っていう、打つ手があるっていうのは、生きる希望になってるの」

「……でも、今、悪くなろうとしてるんですよね……。耳——」

「え……？」

「今持ってる聴力も無くなろうとしてるんですよね……」

ゆり子は肝心なことを知らされていなかった。

「そうなの？　耀くん」

茜が詰め寄った。

「ああ……。だから、この前のコンクール失敗したんだ――」

耀が苦い顔で告げた時、電話が鳴った。春樹が取り乱しているゆり子の代わりに、電話に出た。

「もしもし……。えっ？……はい。はい。わかりました、山下記念病院ですね。すぐ行きます――」

春樹の顔色が次第に曇った。

「どうしたの？」

電話を切った春樹にゆり子が詰め寄った。春樹は自分もショックを受けながら、告げた。

「沙絵ちゃんが、沙絵ちゃんが事故にあったって――」

10

「(えっ、みんなどうしたの?)」

沙絵はきょとんとした顔で、処置室の診察台に座って足をぶらぶらさせている。山下記念病院に駆けつけてきた一同は気が抜けてしまった。

「(……お揃いで)」

沙絵はたじろいでいる。

「あんた、お揃いでじゃないわよ。大丈夫なの? 怪我は?」

ゆり子が口火を切った。

「(大したことないのよ。ちょっと擦りむいたくらい)」

足に包帯が巻いてある。後ろから来た車のクラクションに気づかず、かすって転んだという。みんなでホッと安堵《あんど》のため息をついた。

「(あ、なんかやだな。みんなでため息なんかついて……)」

「みんな心配して来てくれたのよ。ごめんなさいくらい言いなさい」

「(えっ、なんで私が謝らなきゃ……)」

沙絵は言いかけて、櫂と目が合った。深刻な目をしている。あ、ここは謝っとくか、と沙絵は観念する。「(ごめんなさい)」とみんなの方を向いて、はっきりとした手話で詫《わ》び、しおらしく、頭をしばらく下げていた。

・

沙絵は家に帰ってから、さっそくゆり子に問いつめられていた。

「なんで、黙ってたの？　耳、悪くなってること」

「(言おうと思ってたよ——)」

春樹はじっと成行きを見ている。

「(言おうと思ってたんだけど……)」

沙絵は言いよどんだ。

「ねえ、沙絵。手術しよう。このままだとどうせ、何にも聞こえなくなっちゃう」

ゆり子は心を鬼にしてはっきりと言う。

「ドイツにね、いい先生がいるんだって。春樹くんのお友だちも沙絵と同じ病気で、そいでそこで手術したんだって——」

沙絵は驚いたように春樹を見た。

「うん。僕の友だちは、聴力が戻ったんだ。全部とは言わないけど、6割方聞こえるようになったみたい」

「…………」

「あ、もし、沙絵が東京の方が安心だって言うなら、外国でやるのはこわいって言うのなら、こっちでやってもいいのよ」

ゆり子が心配そうに顔を見る。

「(……でも、ママ。ドイツに行く話はどうするの?)」

沙絵は、しばらく考えてから、ゆり子に話しかける。

「何よ。そんなことといいのよ。沙絵が東京にいるんだったら、ママだって東京に残るわよ。このまま」

「(そんな……クラウス交響楽団に入るのは、ママの夢だったじゃない)」

「ママの夢より、沙絵のことの方がずっと大事よ——」

本気で言うゆり子に、沙絵は言葉もなかった。


「ごめん。待った?」

渋谷の待ち合わせ場所に、耀が走ってやって来た。

沙絵は「(ううん、平気)」と歩き出した。

「ナンパ、されなかった?」

沙絵は立ち止まり、三と指で作る。

「……三。三人?」

沙絵は「(まあね)」と行く。

「10分で三人。今日は、少ないね」

「(まあね)」

「かわいいのにね。そのかっこう」

「(まあね)」

沙絵の答えに、櫂はクスクスッと小さく笑う。

「(何?)」

「ん? 飽きないなー。沙絵のいろんな『まあね』と思ってさ」

「(飽きないでしょ?)」

沙絵はニヤリと笑う。

「飽きないよ。沙絵といると一生飽きないよ」

櫂は言って歩いていく。沙絵はふと立ち止まった。

「何?」

「(んー。今のはプロポーズ?)」

「えっ?!」

櫂は心底、びっくりする。

「(私といると、一生、飽きない――)」

「いや……そうじゃないけど」

「(だよね。ドキッとしちゃった)」

沙絵はあっさり納得して、スタスタ歩いて行く。

「ドキッとしたわりに、あっさり流すなあ……」

　櫂は沙絵の気持ちを測りかね、ひとりごちていた。


　茜の部屋で翔平は困っている。チベット行きの話をしたところだ。茜は考え込むようにうつむいてから、つっと目を上げた。翔平は内心ドキドキだ。

「もう、決めてるんでしょ？」

　茜は言った。

「もう決めてるから、こうして、私に話してくれたんだよね？」

「……行きたいと思ってる。先生からチベット一緒に行かないかって言われて、心が動いたんだ。単純に。そいで、人から吹いてきた風に乗って飛んでみるのもいいかな、と思った……どう思う？」

　翔平は茜に言葉を選びながら投げかけた。茜はしょんぼりとうなだれている。

「私は……私は、翔平くんがいないとダメなんだけどな……なんてね、ウソ。いいと思う」

「そう？」

　翔平は安心したように茜を見る。

「うん。すごく、いいと思う。いろんなとこ行って、いろんな写真撮って、きっと、好きなものにめぐり逢《あ》うよ」

茜の賛成を得て、翔平はうれしくなった。

「でも……」

「でも……？」

「ううん……。知り合うの遅すぎたね、私たち」

「え、どうして？　これからでしょう」

「そうなの？」

「そうだよ。行ったきりってわけじゃなくて、たまに帰って来るし」

「うん……。そうか、チベットでしょ？　浮気の相手、水牛くらいしかいなさそうだし」

「水牛……」

「女の人撮ってるより、よほど安心かもね」

「あのね。水牛と浮気するよ、そういうこと言ってると」

翔平は茜を抱きしめた。

「いつから行くんだっけ……？」

「来月……」

「急だね……」

翔平は茜の不安をもう一度ギュッと抱きしめた。

HMVで沙絵はDVDの棚を見ている。お目当ての物をようやく見つけ、櫂に知らせようと顔を輝かせた。が、櫂は見当たらない。どこに行ったんだろうと棚の間を探していく。CD売場に来ると、カップルが仲よくヘッドフォンでCDを試聴している。二人は同じ音楽を聴いて笑い合っている。沙絵は目に入った光景を瞼《まぶた》を閉じて消去すると、気を立て直して歩いていく。そして、櫂を見つけると、ニコッと笑った。櫂は試聴コーナーでCDを聴いていた。「(あってよかったね)」と沙絵は言った。

「うん、見るの楽しみだ」

「(これは、どんな曲?)」

沙絵は櫂が買ったCDを指す。くるりの『ばらの花』。

「うーん、どんな……どんな」

櫂はうまい言葉が見つからない。

「(櫂の好きな曲、知りたいなーと思って)」

「なんて言ったらいいかな……。なんて言うか、切ない感じのする曲?」

「(切ない……ふうん……)」

ふたりは公園通りを歩いて、代々木公園に入った。広い芝生の上を、気持ちのいい風が吹き抜けていく。沙絵は木のベンチに座った。仲のよさそうな親子の三人づれがフリスビーで遊んでいる。子どもが大きな声で、何か言う。母親と父親がその発言に笑う。けれど、沙絵には聞こえない。沙絵はそれをぼんやり見ている。あの女の子は、今、何言ったのかな……。沙絵は微笑ましくながめながらも、その世界から隔てられているようで、さびしかった。

「……何見てたの？」

櫂がお茶を買って戻ってきた。ううん……と沙絵はごまかした。

「ねえ……」

櫂は気にしてたことを切り出す。

「大丈夫なの？　耳の方」

「(あ……平気。聴力は落ちてるけど、フツーに生活してて平気だって)」

「そう。じゃ、いいや」

櫂はそれ以上立ち入らない。

「(あ……あのね……)」

「何？」

沙絵は櫂の顔を見ると、言い出せない。

「(ううん、何でもない)」

櫂は「何だよ」と言いつつ、詮索《せんさく》はしないタチなので、それきり流してしまった。

櫂は家に帰って、くるりのCDをかけた。

「どんな……。どんな曲……」

櫂は聞きながら考え、やがてペンを取った。

四年生の櫂たちは、次第に大学に顔を出すこともなくなっていった。オレンジの会のメンバーは連絡を取り合って、久々に待ち合わせをしていた。

構内のベンチで、夕焼け空の下、沙絵は本を読みながらみんなを待っている。翔平が来た。沙絵は気がついて笑顔になった。

「なーんだ。俺、一番のりと思ったのに」

「(残念でした)」

「あ、わかる、それ、わかる。残念でした。でしょ?」

沙絵はオッケーマークを出した。

「もうちょっと、手話勉強すればよかったな」

翔平は寂しそうに言う。沙絵の隣に来て、「もうちょっと、手話勉強すれば、沙絵ちゃんともっといろいろ話せたかな、って後悔、してるとこ」と言った。

「(ありがとう)」

「あ、わざとわかる手話で答えたでしょ?」

沙絵はにこにこしている。啓太と茜が来た。「ごめーん、待った?」と茜が言い、「今来たとこ」と翔平が言い、「あとは、櫂か」と啓太がつぶやいた。

「(ねえ、翔平くん卒業は?)」

沙絵がたずねた。

「あ、卒業？　単位ほとんど前期で取っちゃったし。あとはレポート提出と卒論だけ」

茜が答えると、「（さすが。要領よくやってる）」と沙絵は感心している。

「要領いいってさ」

茜がすかさず翔平をからかう。

「だから、その卒業の時期にちょっと帰って来るのよね？」

「んー。卒業式にはちゃんと来るからさ。それまでこの学校ともおさらばだ」

翔平が言ったところで、櫂が焦って走って来る。

「悪い！　待った？」

「今来たとこ」

茜が言うと、沙絵はしんみりした。

「（こんなふうにみんなで集まるのも、最後だね。こんなふうに、順ぐりに『今来たとこ』『今来たとこ』って言い合ってさ……）」

茜も櫂も、手話を解してしんみりする。

「こんなふうに集まるのももうないねって」

茜が翔平のために手話を訳した。

啓太は性格的にすでにウルッと来ている。

「やめようよ、しんみりすんの。これから、翔平送る会っつって、酒とか飲むんだろ。俺泣いちゃうよ……」

みんなで西門までの道を歩いていく。

「(あ、ねえ。すごい、夕日綺麗《きれい》)」

沙絵が夕日を指した。「ホントだ」と翔平は夕日に見とれている。

「(ねえ、みんなさ。未来に誓おうよ。一つずつ。約束しようよ)」

沙絵が提案した。茜が「何を?」とたずねた。

「(何でもいいよ。自分がこうなりたいとか、こうありたい、とかそんなこと)」

「あ……また、そういうの。俺、弱い。泣いちゃう」

啓太がじんわりきている。翔平は「照れるべ。そういうの」とそっけないが、けっこう胸に響いている。

「いいじゃない。じゃ、手話だったらいいじゃない? 声に出さなくていいからさ」

茜が提案した。「(いいアイデア♪)」と沙絵が賛成した。

「……わかったよ」と翔平はうなずき、「弱い。女性陣には弱すぎる。言いなり……」と啓太はつぶやく。


オレンジ色の夕日に向かって、五人は並んだ。

「(じゃ、私は……正直でいられますように)」

沙絵が祈った。

「(強くいられますように)」

耀が祈った。

「(やさしくいられますように)」

啓太は真剣に祈っている。

「(人の気持ちがわかる人でいられますように)」

茜はやさしい表情で祈っている。

翔平は耀にこれでいいんだっけ？　とちょっと手話のやり方を聞いてから、祈った。

「(大事な人を守りきれますように――)」

余韻のある、祈るような手話だった。

五人は祈りを終えて、はしゃいだ。

耀はそれぞれの姿を見ながら、胸が熱くなった。

*

僕らが僕らの未来に誓ったことは、とても簡単で単純なことだったので、みんなが手話で言えた。そして、大人になればなるほど、単純で簡単なことが、どんなに難しいかを知る。

あの時、あのオレンジの夕焼けの中で誓った僕らの言葉は、その後、何年も僕らを支えつづけた。社会に出て、大人になり、忙しさにかまけて、ただ、こなすだけの日々を送るような時も、あの頃のことを、あの時のことを思い出すと、心の中に小さな灯がともり、ちょっとした恥ずかしさと同時にあったかさもつれてきて、そしてまた僕たちに、前を向く勇気をくれたんだ。

＊

数日後、沙絵が目覚めてパジャマのままリビングに行くと、母がソファで眠り込んでいた。

「お早う」

春樹が声をかけた。

「(お早う。ママが……)」

沙絵はゆり子を指した。

「昨日遅くまで沙絵ちゃんのこと話してて、そのまま寝ちゃったんだ、おばさん」

「(私のこと?)」

沙絵は起こそうと近寄った。床に病院の資料が散らばっている。

「おばさん。沙絵ちゃんの、耳の手術のことで、ずっといい病院どこかって調べてたんだ」

春樹は言った。

「仕事関係の人にもいろいろ聞いてたみたい。沙絵ちゃんの主治医にも会いに行ったみたいだよ」

「なるべく、沙絵ちゃんの気持ちを大事にしたくて、そっとしといたんだと思う。ドイッの先生にももう連絡取ったんだ」

沙絵は床に、開いたままの貯金通帳があるのに気づいた。名義は沙絵になっている。中を見ると、沙絵が病気になった年から、積み立てが始まっていた。

「何かの時にって思ったんじゃない？」

春樹が言った。

私のために——。沙絵は胸がいっぱいになった。

昼、沙絵は学食で茜にドイツ行きのことを話した。すると茜はさびしそうに言った。

「みんなそんなんばっかしね……。翔平くんはチベット、沙絵はドイツ……。みんな勝手にさっさと。私も、南極にでも行きたいわよ」

「（親友はペンギンになるわよ）」

「ペンギンかぁっ……」

茜は嘆いた。

「（ドイツに行けば、ママの夢が叶《かな》うの。クラウス交響楽団、知ってるでしょ？）」

「……んー、知ってるけど。じゃあ、ドイツで手術を受けて、そいで、落ち着いたら帰って来るのはどう？　沙絵ひとりで」

「(無理だよ。……だって、ママが私のこと手放すとは思えない。あの人、私が心配で仕方ないのよ。……私が病気になってからママには心配かけっぱなし。手術して、この耳が、治っても治らなくても、今度は私がママにお返しする番なの)」

「…………」

「(それに、白状すると、私も、手術で耳がよくなるにしても、結局ダメなままだとしても、ひとりになるのは不安だもの)」

「……私がいるよ」

「(え?)」

「私は東京にいるから、沙絵助けるよ。なんだったら、一緒に住んでもいいし」

「(ありがと。うれしいよ)」

沙絵はこみ上げる思いで言う。ふたりはしみじみと学内を歩いた。

「……擢くんには? 言った?」

「(…………。まだ)」

茜はそれ以上は詮索《せんさく》しなかった。沙絵はドイツ行きを決めているように見えた。

擢は中央医科大学病院のリハビリセンターでバイトをしていた。昼休み、擢はウォークマンを聴きながら、紙に絵を描いている。そこに先輩療法士がやってきた。

「作業療法士の専門学校試験、受けるんだっけ?」

「大変だな、これから三年、また学生さんだ」

「ええ」

「……あっという間ですよ」

燿は言い返したが、強がりだった。

その夜、沙絵は燿の部屋を訪ねていた。燿が焼きそばを作っている間に、沙絵は缶ビールを飲んだ。

「人の家で勝手に冷蔵庫開けてビール飲んで、不良」

燿は言った。

「(不良だもーん。いただきまーす)」

沙絵は焼きそばを食べ始めた。おいしい！　と満面の笑顔になる。その笑顔を前にすると、燿は文句を言えなくなる。

「そうだ、この前買って来たDVD見ようか？」

燿が言うと、沙絵は話があると切り出した。

「(ママについて、ドイツに行く)」

「そう」

「(手術も向こうで受ける)」

燿は笑顔で受け止めた。

「で、そのまま、そっちにいる？」

　櫂はたずねた。

「（イエス。もしかして、そこで私の耳が治ったら、ドイツのロッシュ音楽学院に入れるかもしれない）」

「そのまま、ドイツに暮らす」

「（そう）」

「……わかった。わかったけど、俺らは？」

　沙絵は、お終《しま》い、と手話で答えた。

「もう、お終い？」

「（そう。だって、私たち学生時代の恋人どうしってそういうことで、将来とか、そんなんじゃないじゃない）」

「…………」

「（そうでしょ？）」

「そうなの？」

「（そうだよ。これから、長い人生が始まるわ。子どもじゃなくて、大人の——。社会に出て、私たち、ただ好きなだけじゃ、一緒にいられない）」

「……どういう意味？　俺じゃ不安ってこと？」

　沙絵は櫂から目を逸《そ》らし、ううんと首を振った。

し）」

「どういうこと？」

「（私は聞こえない。あなたは聞こえる。一緒にCDも聴けない）」

「何言ってるか、よくわからないんだけど」

「（……あなたは、私を忘れるわ。まだ二十二なんだもん。そして、やがてかわいい奥さんをもらって、こう言うのよ。僕も若い頃は、いろいろあった。いくつか恋をした。ああ、その中に、耳の聞こえない子がいてね。あれはあれで面白かったな。三十五歳のあなたが、言うのよ。私のことは、たくさんある恋の中の一つよ。そして、私の話をしたあとに、水割りのお代わりをして、子どもの掛け布団を直して、そいで、次は二十三歳になった時の恋の話をするのよ……）」

「……なんで、そんなこと言うの？」

沙絵はだまってうつむく。

「……なんで、そんなひどいこと言うの？」

櫂の目に涙が浮かんだ。沙絵も、櫂につられて涙ぐんだが、気丈に続けた。

「（……私とのことは……若気の至りよ。一生、背負うことないわ）」

「もし、君の言った通りだとして……、だとしたら、僕の恋の話はそこで終わりだ。二十二歳でおしまいだ。その先は、ないね。二十二歳の時にめぐり逢《あ》った耳の不自由な女の子の話を、延々繰り返すだけだ。エンドレスリピート」

「(……そんな。……そんな泣けること言うの、反則だよ……。私は、ママについて行かなきゃいけないの。もう、決めたの)」

「…………」

「(ママが大事よ)」

櫂は返す言葉もなかった。


茜は、たまたま構内で出くわした啓太に八つ当たりしていた。沙絵と櫂のことを聞いて、どうにもできず、やきもきしているのだった。

「えっ、それ、俺のせいなの?」

啓太はややひるんでいる。

「俺のせいじゃないけど、啓太くんのせいじゃないけど、どうにかしてよ」

「どうにかって……。でもさ、俺、沙絵ちゃんの思うのもわかるな。自分はドイツ行ってさ、二人は離ればなれになるわけだよ」

「うん……」

「まだ二十二でさ。相手のさ、相手の将来まで束縛するのはいかがなものかと思うでしょ」

「そうだけど……。そうかなあ……」

「ふたりのことは、ふたりのことだよ。どうしようもないよ」

　啓太に言われて、茜は黙った。

「なんかさ、俺思うんだけど、恋人どうしには離れちゃいけない時期ってのがあってさ。それが、家族とか、友だちとかとは、違うとこなんだと思うんだ。一番、時間とか距離に弱い関係っつーか」

「ああ、なるほど……」

　茜はちょっとわかるような気がした。

「そうだ、なんかに書いてあったよ、大学時代の恋人どうしがそのままゴールインする確率って2割なんだって」

「……なんでそんな意地悪言うの？　なんでそんな意地悪言うのよっ」

「あっ、もしかして、自分も翔平から手紙来てないとか？」

「もう、いいわよっ」

「あ……マズイ、図星……」

　啓太はあわてて追いかけた。

　櫂が堺田研究室を出ると、ちょうどやってきた真帆に出くわした。

「久しぶり……ちょっと、用事あって」

　櫂は言った。真帆は笑顔で会釈して、「よかったら、お茶でもどう？」と誘った。二人は学食に行き、お茶を飲んだ。櫂は真帆の話を聞いて、彼氏とうまくいっているとわかり、複雑な思いだった。

「櫂くんは？　あの彼女と、沙絵さんとつきあってるんでしょ？」

「……どうして？」

「あら、わりと有名よ。まあ、私は、啓太くんから聞いたけど」

「あいつ……」

「あ、怒らないで。偶然、学食で会って、ホントのこと言わないとグーで殴るぞっておどしたの」

真帆ははしゃぐように言う。

「ねえ、飲みに行こうよ。久しぶりに。もう、さっぱり別れた男と女ってことで」

「何、それ？」

「いいじゃない。こういうの憧《あこが》れてたんだ。別れた彼と友だち、とか」

二人はそのままバーに場所を移した。

「大丈夫？　飲みすぎてない？」

櫂は言った。二人、カウンターに並んで座っている。

「大丈夫よ。酔っぱらったら佐野くんに来てもらうから」

真帆はやや酔っぱらっている。

「佐野くん？」

「あ、ごめん。彼氏、新しい……彼氏」

「ああ……あの。……あいつだ」

「あ、あいつって言ったね？　私の恋しい彼のこと」

「……すみません」

「素直でよろしい」

真帆は頭ペコンと下げたきり、沈没してしまった。

燿は店を出て、通りでタクシーをつかまえることにした。

「ねえ、燿くん？　私、そういえば熱っぽかったんだ……。今熱あるかなあ……」

「え……」

燿がかがんで真帆の額に手を当てると、すかさず真帆はキスをした。燿は憮然《ぶぜん》となった。

「ウソだよ。熱なんて」

真帆はひょうひょうと言う。

「復讐《ふくしゅう》。今のは復讐」

真帆は可愛らしく毒づく。

「……何の復讐？」

「ん？……私ね、燿くんとつきあってた頃、ガマンしてたの。年上なんだから、泣いちゃいけない、甘えちゃいけない、無理言っちゃいけない。だから、あの頃は言えなかったんだ。キスしてとか。抱いてとか」

「…………」

「でもさ、なんで言わなかったんだろ、と思ってさ。年なんか関係ないじゃない。恋人どうしだったじゃないって。……私ん中の、燿くん忘れられない小さな私が泣くのよね」

燿は言われて困る。

「困ってる？　こんなこと言われて」

「じゃっかんね」

燿が苦笑すると、真帆はちょっと笑った。

「ねえ、燿くん？　なんか、初めてのキスみたいだったね、今の。最後のキスなのに」

「……今は、甘えられてるの？」

「え？」

「その……なんだ、佐野さんに」

「そこそこ」

「そう、それはよかった――」

行き過ぎる車を見ながら、二人は少しだけ、過去の空気をまとっていた。

沙絵はピアノを弾いているゆり子を微笑みながら見ていた。ふと、視線に気がついてゆり子が弾くのをやめた。

「(……決めた。ママについてドイツに行く――)」

沙絵が言うとゆり子は大喜びした。

「(向こうで手術も受けるし、その後も、ずっとママと一緒にドイツにいるよ)」

ゆり子はパッと手を広げ、沙絵をギュッと抱きしめた。

「沙絵の小さい時はさ、こうして、よく、ギュッってしてたのよね」

ゆり子は抱きしめたままつぶやいた。沙絵は照れながらも、やはり、母のことが好きだと実感した。

啓太はマンションの管理人に頼まれて、エントランスの電球を替えていた。

「啓太くん、背高いから」

管理人のおばさんは喜んで礼を言った。

「これくらいしか、取柄なくて」

「名古屋帰っちゃうと、淋《さび》しくなるわね」

「まだ、ありますよ」

「じきよお。早いんだから。あっという間に卒業よ――」

ゆり子はさっそくドイツ行きの準備を始めた。ダンボールにCDを詰めたり、荷物の整理をしている。すると、テーブルの上の沙絵の携帯電話にメールが着信した。沙絵は風呂《ふろ》に入っている。

ゆり子は荷造りの続きをしながらも、メールが気になる。戸惑うが、それを開けてみた。結城耀からだった。

件名はなく、『もう一度会いたい。とにかく、もう一度会ってちゃんと話がしたい』と本文にある。

ゆり子は迷った。が、ボタンを押して、メールを消去した。

耀はメールを送ったものの、なかなか来ない返事にイライラしていた。そして、思い切って、沙絵のマンションを訪ねた。ゆり子が部屋に呼びに行ったが、会いたくないと言っていると告げられた。

「もう、話すことはみんな話したって——」

ゆり子は言った。

「あの子の将来を邪魔しないで欲しいの。ドイツに行って、手術を受けて、きっと治って、そしたら、向こうで音楽の教育を受ける。もしかすると、春樹くんと一緒になるかもしれない」

「え……」

「春樹くんはそれでもいいって言ってくれてるの。沙絵にはまだこれからの話だけど……まんざらでもないいんじゃないかな……。あ、春樹くんの話は聞いてる？」

「少しは……」

「ドイツのクラウス交響楽団でピアノ弾いてるの。国際的にも注目されだしてるわ」

「…………」

「ねえ、あなた、これから専門学校に通うんでしょ？」

「ええ……」

「まだ、社会に出るまでに、何年もかかるのよね」

「何年もかどうかはわからないけど……」

「沙絵はあんな体でしょ？　とてもひとりじゃ置いていけないの。わかって欲しいわ」

ゆり子は心苦しそうに告げた。

その時、沙絵の部屋には、春樹がいた。

「彼、来てるよ。本当にいいの？」

「(いいの。もうちゃんと話はしたんだから……)」

沙絵は沈痛な表情で目を伏せた。


燿は、沙絵のマンションをあとにして、呆然《ぼうぜん》と街を歩いた。

街並みは張りぼてみたいに映り、現実の気がしない。沙絵には聞こえることのない騒音の中を、燿は当てもなく歩いた。

携帯電話の着信音がした。沙絵かと思い見ると、真帆からだった。

「はい、もしもし――」

『あ、櫂くん？　ごめん、今、大丈夫？』

「どうした？」

『堺田先生の携帯ってわかる？　今日、先生に頼まれてた資料提出したんだけど、その中に、間違いがあったの思い出して……そこだけ早急に知らせなきゃって』

「あ、待って、わかるよ。あ……でも、電話かけながらじゃわかんないんだ。もう一回、切ってかけなおしていい？」

櫂は番号をメモし、ひと呼吸置いてかけなおした。『……ありがとう』と真帆のやさしい声に、櫂は懐かしく、すがりたい気持ちがあふれてきた。

「あ、待って」

『どうしたの？』


ゆり子は沙絵の部屋の前でためらっていた。沙絵の様子が気になっているのだ。

「沙絵……」

「――――？」

ゆり子はゴメンと手を合わせた。

「さっき……。さっき櫂くん来る前に、メール来てた。ママ、それ、間違って消しちゃった」

「(……いいよ、もう……関係ないもん)」

沙絵はかすかに笑った。リビングのテーブルの上にシャツがある。櫂が忘れていったらしい。ポケットに四つ折りにした紙がある。沙絵が取り出して見ると、絵が描いてある。くるりの『ばらの花』という文字。あの時の曲だ——。

「(ママ、私、ちょっと出て来る——)」

沙絵は櫂のシャツを持って、家を出た。

櫂のコーポに、真帆が訪ねてきた。

「ごめんね。研究生の勉強会、思ったより時間かかっちゃって。そのかわり、何でも話聞くよ。はい、これ」

真帆は酒とつまみの入った袋を渡した。

「家で飲む……の?」

櫂は戸惑った。

「ダメ?　いいじゃない。襲わないから」

「この前の小さい女の子は?」

「え……?」

「真帆ん中にいる俺を忘れられない小さい女の子」

「ああ。もう気がすんだって出てったわ」

「勝手だなあ……」

「女はみんな勝手よ。そうじゃなきゃ、つまんないじゃない？　それより、どうした？」

「ふられそう。つーか、ふられたのかな。……でも、あきらめられない。でも、俺じゃないのかな、とも思う。あいつ、しあわせにできるの、俺じゃないのかな、とも……」

「相談乗ろうじゃない。あっ……氷買って来るの忘れた……」

　耀がドアを開けて出てくる。沙絵が顔がほころんで駆け寄ろうとすると、続けて真帆が出てきた。ふたりは笑いながらどこかに出かけていく。沙絵は思わず身を隠していた。

　ドウイウコト……？

……ソウイウコトカ……。

　諦めの気持ちで自問自答する。

　一方、耀は真帆に愚痴を聞いてもらいながら、酔っぱらっていた。

「久しぶりに飲んだな」

　耀は横になった。

「寝る？」

　真帆が誘った。

「…………。よしとく」

「そう……。そうだよね。耀くん、そういう人だった」

「自分だって佐野さんいるくせに。今の、聞いただけでしょ？」

「そういうとこが、そういう律儀なとこがさ、融通きかないとこがわりあい好きだったから」

「あ……。お見通しだ」

「……好きだった……。過去形……」

「だって、そりゃ、そうでしょ」

「そりゃ、そうです」

真帆は笑った。

「うまくいってるの？」

「佐野くん？　いってるよ。やさしいし、大人だし、メロメロだもん」

「……ごちそうさまです」

「さて、帰るか」と真帆は立った。櫂は玄関まで送った。

「たぶん……。こういうのは、別れた彼氏の家来て、お酒飲んだりってのは、ルール違反なんだろうけど……」

真帆は言った。

「よかった。やっと、ちゃんと別れられた気がした」

「……そう？」

「ちゃんと、話できたし」

「ああ」

二人は笑顔になった。

「元気でね」

「ああ」

「がんばってね」

「そっちも」

真帆は手を差し出し、糴は握手をした。真帆は扉を開け、ドアノブにひっかかっている紙袋に気がついた。

「あれ、糴くん、こんなの――」

紙袋を取って、糴に渡した。中にはシャツが入っている。

沙絵が来ていたのだ。糴は状況を察して、深いため息をついた。


ほどなくして、糴は啓太から話を聞いた。今日、沙絵は大学を訪れ、ほんの少し前に記念にと言ってオレンジの会のノートを持って立ち去ったという。

「学校にね、診断書出して、あとの手続きして」

茜がフォローを入れた。

「そそ。そいで、大学来たついでに、最後だからって俺らに会って、メシ食って、オレンジノートを記念にってな」

啓太が言うと、茜は申し訳なさそうにうなずいた。

「なんで、俺に言わないんだよ！」

　耀は啓太に詰め寄る。

「ああ、やめてやめて。沙絵がね、耀くんには言わないでって。もう話はすんでるから、できるなら、顔合わせたくないって言うもんだから……」

　茜にたしなめられ、耀は悲しみと悔しさでいっぱいになる。

「向こう行ってすぐ手術だし……。あんまり、動揺させるのもよくないのかと思って……。啓太くん責めないで。……ごめんね」

「……いや」

「空港まで送ろうかっつったんだけど、いいって言うからさ。空港、お母さんとかいるし、きっと、泣いちゃうからいいわって言うから」

　啓太が加えた。

「あ、あの、渋谷までバスで行くって言ったから、まだ間に合うかも」

「それ、早く言ってよ——」

　耀はラウンジを飛び出した。

「言っちゃった……ゴメン……」啓太がつぶやいた。

「……いいよ、沙絵も本心は会いたいのよ……」茜が言った。

　耀は走った。バス乗り場に着くと、バスはちょうど出るところだった。耀はバスの窓を一つ一つ見ていくが沙絵はいない。疲れてため息をついたその時、窓にオレンジ色の物が揺れるのを見た。オレンジノートだ。櫂はその窓のところに駆け寄って、窓を叩《たた》いた。沙絵は気がついて外を見る。が、バスは動き始めた。櫂はただ見つめるしかない。沙絵はバスの最後部のガラス窓から、櫂に向かって手話を送った。

「(ごめんね。今までありがとう。うれしかったよ――)」

櫂はバスを追いながら、それを見ている。

「(あなたのことは、忘れない――)」

ふざけんな……ハギオサエ……。櫂はつぶやいていた。

「(きっと、きっと、忘れない。……しあわせになってね。しあわせでいてね)」

「ふざけんな……。何言ってんだ……あいつ……」

「(もう会えないかもしれないけど、元気でね。ありがとう。ホントにありがとう――)」

バスは角を曲がり、櫂の視界から消えた。

「ふざけんなー、ふざけんな、ハギオサエー!!」

櫂は思いっきり叫んだ。

*

それが僕が、最後に彼女に言った言葉だ。彼女が僕の唇を読んだかどうかは、わからない。

でも、それから、彼女からの連絡は途絶え、僕は彼女がドイツのどこに行ったのかもわからなくなった……。そうすると、なんか、全て幻のような気がしてくるのだった。沙絵のことは、どれも全て、あまりにも鮮明すぎて、幻のような気がしてくるのだった。

でも、やがて、忘れた頃に、一通の手紙がやってきた。

涙も涸《か》れる頃に、一通の手紙がやってきた。

いかにも沙絵らしい。彼女は、絶対、僕が彼女を忘れることなんて、許さないんだ――。

11

『翔平くん。

オレンジの会はバラバラになってしまいました。私のうすっぺらな心もパリンッてあっけなく割れちゃったみたいです。凮月堂《ふうげつどう》のゴーフルみたいに。

沙絵は、みんなを巻き込んで、振り回して、愛されて、そして行ってしまいました。月にかぐや姫が帰るように、海に人魚姫が帰るように。あんまりじゃないですか……？

残された私たちは、一気に年老いたおじいさんとおばあさんみたいです。

翔平くん、大事な時に、なんで行っちゃったの？』


翔平は成田国際空港に降り立った。手には茜の手紙を持っている。チベットでの暮らしで、髭《ひげ》は伸び、肌は浅黒くなり、外見の野性味も増している。

櫂は大学から帰ると、郵便受けに、沙絵からのエアメイルが届いているのを見つけた。焦りながら封を切り、深呼吸しながら心を落ち着けた。中から、一枚の紙が出てくる。三つ折りのそれを開くと、大きく、マジックで何か書いてある。

ただ一つ、大きな丸印……。

「はっ？　何、これ……。○……丸？」

翌日、櫂は茜を誘って、ル・リストでお茶を飲んだ。

「丸じゃない？　マル、バツ、の丸」

茜は手紙を見て言った。

「手術、成功したとか、その後の経過が順調だって、そういう意味だと思う」

「おっ、マジ？　やった！」

櫂は手紙を大事そうにまた封筒にしまい、「ホントにそうだといいけど……」とつぶやいた。すると、茜が意を決したように「あのねっ」と話しかける。

「手術、ホントにうまくいったの。前より少しだけ聞こえるようになったみたいよ」

「……連絡、あったの？」

「うん、手紙がね」

「なんて？」

「うん、ずい分暮らしやすくなったって。ドイツにも慣れたみたい」

「会話は？」

「うん……やっぱりすっかり聞こえるっていうわけにはいかなくて、まだ手話、使ってるみたいだけど」

「そう……。ふーん……俺の話とかは……ないんだよね？」

「櫂くんの話とかは、ない……。あ、何気にフッてみようか？　私も触れちゃいけない気がして、触れなかった――」

「いや、いいよ。やめて」

櫂はお茶を飲んだ。

「ごめんね、呼び出したりして。これから研修なんでしょ？」

「うん、こんな早く始まるってびっくりだよ。まだ卒業もしてないのに。これ、変じゃない？」

茜は自分のスーツ姿に照れている。

「似合ってるよ」

「そう？……考えてみたら、久しぶりだね、櫂くん」

「なかなか学校でも会わないからさ。なんか、最近、ラウンジとかも行かないしな。行ってる？」

「あ……行ってない。オレンジノートも沙絵が持ってっちゃったしね……」

茜はなんとなくにこっと愛想笑いをした。

その頃、翔平はラウンジを覗《のぞ》いていた。オレンジの会が集まっていたあたりに来るが、誰もいない。ふと、オレンジの会のノートが置いてあった棚を見てみる。いろんな会の連絡ノートが置いてあるが、オレンジの会のノートは見つからなかった。

啓太が部屋で卒業試験の勉強をしているとチャイムが鳴った。参考書を持ったまま「誰だよ。人が卒業できるかできないかの瀬戸際のとこ……」と出た。「よおっ」とワイルドな翔平が立っている。啓太は一瞬呆然《ぼうぜん》となった。

「大学、ラウンジ行ったんだけど、ノートもないしさ。上がっていい？　俺、喉《のど》かわいちゃって……」

翔平は言うが早いかズカズカ上がっていく。

「喉かわいちゃって……じゃないわよ。あなた、どこ行ってたの？　連絡もよこさず」

啓太はくねくねして言う。

「誰？」

「茜ちゃん」

「似てねー」

「真似したわけじゃなく。彼女の心の声を代弁してみました」

啓太は言って、翔平から話を聞いた。

「チベット行った。それからネパールからカンボジアに回った」

「ああ、その頃から、茜ちゃんの手紙が戻って来るようになったんだな……」

「あいつ、何か言ってた？」

「最近は、俺もあんま会ってないけど……」

「怒ってるかな」

「新しい男できたかもね」

「なんで、そういうこと言うわけ？　人がせっかく帰って来たのに」

「もしかして……お前、卒業だけはしようとか、そういう魂胆？」

「うん、だから、卒業試験前に帰って来た。よろしく頼むぜ！」

「調子いいんだから、もう。あ……もしかして、ウチ泊まる気？」

「泊まるよ」

啓太はため息をつき、「……あ、みやげは？」と言う。翔平は包みを渡した。

「……これ、東京みやげ、虎屋の羊かんじゃないか。空港で買ったね」

「……ばれた？」


櫂は夜、ベッドの上で沙絵の手紙をしげしげとながめていた。

「○……。○のみ……。あぶりだしで何か文章が……」

どうして自分に報告が来なかったのか、不可解なのだった。

櫂はガバッと起き上がった。

「――愛の文面。私は、未《いま》だにあなたのことが忘れられず……。ないな……ない。あいつは、過ぎたことは忘れるタイプだ……」

悶々《もんもん》とまた寝ころがった。パラリと手紙がベッドの下に落ちる。櫂のため息がひとつ、その手紙の上に舞い降りた。


その頃、沙絵はドイツの家で、愛犬とじゃれて遊んでいた。

「沙絵。サーエったら。ほら、これ、こっちとこっちとどっちがいいのって」

ゆり子が春樹と一緒にベールを選んでいる。ドイツ人の仕立屋さんが来ている。

「(……どっちでもいいわよ)」

沙絵は手話で答える。

「またそんな……。春樹さんは、どっちがお好み?」

「いえ……僕はどっちでも……よくわかんないし……」

「もう、煮え切らないわね。あなたたち、ホントに結婚する気あるの?!」

「あります!」と春樹が言い、沙絵も「(あります)」と手話で言う。

「だったら、本気で式の準備しなさい!」

ゆり子に叱られて、沙絵と春樹は顔を見合わせクスッと笑った。どこから見ても、結婚前のいい感じのふたりだった。


文学部ラウンジでは啓太、翔平、櫂の三人が卒業試験のための対策ノートをコピーし、分配していた。そこに、茜がやって来た。腕にはクラシック専門誌を抱えている。

「何が完璧《かんぺき》だって？」ときく。

「だから、その……卒業試験のノートのコピーが……」

櫂が答えた。

「ねえ、ノートってさ、自分で取るもんだよね。なんで、人のノートのコピーを試験シーズンになるとあなたたちは、山ほど取って、分け合って……」

茜の目は翔平の方を一直線に見ている。翔平は視線を逸《そ》らしっぱなしでいる。

「で、そこにいるのは誰？」

「………」

「あそこにいるのは、誰なのかしら」

「いや、誰かな……俺もちょっと……」

櫂が啓太を見、啓太は「座敷わらし？」ととぼけた。

「人が手紙書いても書いてもなしのつぶてで、あげくの果ては、手紙宛て先不明で戻って来ちゃうし。私はもうてっきりチベットで坊さんになったか、もしくは、水牛と結婚して、しあわせに暮らしてるんだと思ってたわ」

茜がぶつぶつ言うと、翔平は立ち上がり、「ただいま……茜ちゃん」と言った。

「……お帰りなさい翔平くん――とでも、私が涙流しながら言うと思うの？」

「まままま、翔平ね。戻って来て、まずここに来て誰もいなくて、そいで茜ちゃん家行《ち》って、いなくて、そいで啓太ん家行ってな」

「そう。その通り」

茜も翔平もむすっと黙る。

「櫂が呼んだの？　茜ちゃん」

啓太がこそっときいてきた。

「うん……。まあ、最近、ほっとくと誰もラウンジ寄りつかなかったからさ。翔平帰って来たよって」

「ふうん……」

「なんか、翔平も久々で照れくさいのかと思ってさ。茜ちゃんに会うの」

「ちゃっかりしてるね。卒業はするんだ」

茜はすっかりいつもの調子だ。

「うん、まあね」と翔平は言った。

「そいで戻って来たんだ」

「……また行くけどね」

「ふうん……」

「そのためだけじゃないんだ」

「…………？」

『――翔平くん、大事な時に、なんで行っちゃったの？』

「あっ……やめてよ。私の手紙でしょ？」

「文章、覚えるくらい何度も読んだんですけど」

「だったら、返事……」

「……2行でつまるんだ。そのかわり……」

翔平はカバンから、写真のスクラップブックを出した。

「カメラで、茜に話しかけてた、俺。ああ、この景色見せたい、こんなとこ行った、こんなものに感動したってさ、行く先々であんたのこと思って、写真撮ってたよ」

照れながらも、がんばって言う。

「…………。許そっかな」

茜はお茶目にかわいく、しかし真面目に言った。

「許しちゃいそうだなあ……。弱いなあ……私」

言っている茜を、ふわりと翔平が抱きしめた。


櫂は中央医科大学病院のリハビリセンターで那須田さんの歩行訓練を担当していた。

「いい調子です、那須田さん。大丈夫ですか？」

「ええ」

「ちょっと休んで、今度はあそこまで行ってみましょうか？」

「ええ。いいもんだわねえ。歩いた先に、お兄さんがにっこり笑って待ってるのって」

「何言ってんですか」

　耀は照れた。

　卒業試験の前に、耀、啓太、翔平、茜がラウンジに集まった。茜は「(コピーね。友だちに取ってる子がいたから、借りて来てあげた)」と手話つきで言う。翔平は「(おっ、いいねいいね。助かるよ。これだけなかったんだよなー)」と手話で返し、啓太が「(ありがとう)」と手話で言う。

「あれ、俺たち、なんで手話やってんの?」

　耀が気づいた。

「あ……ホントだ。なんか、こうやって集まってると、ついオレンジの会で沙絵もいるような気がして」

　茜が言うと、「癖だな、癖」と翔平が笑う。

「どーしてるのかねえ……。姫は今ごろ。ナイスなドイツ人と結婚してたりして」

「ありそー」

　啓太と翔平は言ってから、はっと耀を気にした。

「別に……もう関係ないよ。ふっきれてます。さてと——」

　その頃、沙絵はドイツの家で犬と遊んでいた。犬の前にエサをちらつかせてはおあずけして、からかっていると、沙絵が気を抜いたすきに犬はエサを食べてしまった。沙絵は憮《ぶ》然《ぜん》となった。

「ベールも決まって、あとは、指輪だけね」

ゆり子は春樹に言った。

「ええ……」

「あの子……喋《しゃべ》らないわね」

「………」

「せっかく、手術して、全部とはいかないまでも前よりはずっと聞こえるようになったんだから……喋ればいいのに」

「………」

「ずっと喋ってなかったから、まだこわいのかしら、声、出すの」

「……ゆっくりでいいんじゃないですか？　ピアノも前より弾きやすくなって、事故以来こわくなってた自転車もまた乗れるようになって、順々ですよ」

「……そうね。焦ることないか……」

櫂たちは無事に卒業試験をクリアした。その晩、お祝いに男三人で飲みに行った。

櫂と啓太はすっかり出来上がっている。うおおーっ、飲め飲め、とか言いながら、お互い派手《はで》にお酒つぎあって、飲んでいる。

「ホントは、ホントはホントはホントはホントは、まだ好きなんでしょ？」

　啓太が言う。

「好きです！」

　櫂が答える。「おいおい、お前ら、飲み過ぎ」と翔平がたしなめた。

「大好きなんでしょ？」

「ダイスキです!!」

「わかった、わかったから、座ろう、な、とりあえず座ろうよ」

「あれ、翔平くんだー。どこ行ってたの？」

「いや、ちょっと……」

「あっ、あっかねちゃんだ。あっかねちゃんに電話してたんだ。うわーんっ」

　啓太が泣く。

「泣くな。今さら泣くな。人生はつらいんだ。ニーチェもサルトルも言ってる」

「そうなの？」

「いや、知らないが、たいてい言ってる。たいていのえらい人はそう言ってる。だから、大丈夫、啓太もえらくなる」

「二軒目行こう。二軒目！」と啓太は意気を揚げた。

「だからね。日本の写真はコマーシャリズムに、のっかりすぎ!!　本当の魂の写真を撮れってことですよ」

二軒目に行くと、こんどは翔平が出来上がっている。啓太と櫂は酔いが醒《さ》めた。すかさず、翔平が取ろうとするグラスを水に差し替える。

「冗談じゃないよっ。飲めよっ。デカイむさ苦しいお前ら、両肩にしょうようにして、ここまで連れて来たの俺だよ。冗談じゃないよ、飲めっっっ」

そうして三人とも出来上がっていった。

「好きだー。俺は萩尾沙絵が好きだー。世界で一番、好きだー。一生で一番好きだー！」

店を出て、櫂は新宿のど真ん中で叫ぶ。「イエーッ」と啓太と翔平がけしかける。二人とも、テンション高く、パチパチ手を叩《たた》いている。「海はどこ？」と櫂はつぶやく。

「フッー、こういうのは、海に向かって……」

「ま、いいじゃん。海と思おう。この散らばるネオンを、海に光る月の反射と思おうじゃないか」

翔平が言う。

「思えねー!!　それ、無理、無理だよ、翔平くん……」

「でも、いいなー。そんなふうに思える人と出会って……」

啓太がふと言う。

「世界で一番、一生で一番……」

「ああ、まだ一生生きてないけどさ。もう、あんなやつには出会えない気がするんだ」

櫂が言うと、翔平が「わかった！　行こう！　ドイツへ行って、プロポーズしようじゃないか！」と肩を叩く。「プロポーズってどうやって？」と啓太がきくと、「指輪買おうよ。指輪。プロポーズといえば指輪だろ。世界で一番で一生で一番なんだろ。何にも迷うことないじゃないか」と翔平が言った。

「でも、俺……金ないよ。そんな指輪買う金もドイツ行く金も」

「まずは指輪だ。とりあえず指輪だ。ドイツのことはそれから考えよう。俺たちも、出そうじゃないか、金。な、啓太」

「ああ、出すよ。一生で一番で世界で一番なんだろ？　出すよ!!」


朝、啓太のマンションで三人は寝ていた。「おい、こら、起きろ起きろ」と先に起きた翔平がペチペチ二人を叩いて起こす。

「なんだよ、翔平か……」

「これ食ったら、銀座行くから」

翔平は朝食を配る。

「銀座？　何で？」

「指輪、買いに行くんだよ」

「ああ、昨日、言ってた。沙絵ちゃんにあげる」

啓太が言った。

「いや、あれはさ、翔平くん。酔った勢いっつーか……」

耀が言う。

「いや、ダメだ。行くんだ。そいで指輪買うんだ」

その勢いに耀はのまれる。

「いいか、このまま、昨日のことは酔った勢い、ただの冗談にしちまうとだなあ、これから、俺たちは大人になっちまうんだよ。どんどん、汚い大人になっちまうんだよ」

「なんだよ、それ、尾崎豊？」

「俺は今のちょっとわかるよ」

啓太が言う。

「な？　だから、俺は耀の指輪のために全財産、下ろして来た！」

翔平が金を出す。３万６千円……。

「お前、金持ちなんだから、いっぱい出せよな」

「金持ちなのは親で、俺は、フッーだもん」

「えっ、指輪っていくらくらいするの？」

耀がきいたが、誰も買ったことがないのだった。

「ああ、ちょうどいい具合に直りました。お客さま、やはり７号で大丈夫だったんですよ」

銀座の宝石店の店員が言う。

沙絵のか細い指にダイヤのエンゲージリングがはめられている。春樹は微笑み、沙絵も笑みを浮かべている。

同じ銀座の別の宝石店では昨日のままの小汚い恰好《かっこう》の三人が、つるんで指輪を見ている。高級宝石店の店員が、いぶかしげに三人を見ている。

「こんなにするのか？　指輪って」と翔平がひるむ。

「あなた、女の子転がしてんじゃないの？」啓太が言った。

「俺は実力で転がしてるもん。買わねーもん、指輪なんて」

「やっぱり、やめよーぜ……」

耀はすっかり気分が後ろ向きになっている。

「とりあえず、この店は……」

高すぎだった。もうちょっとカジュアルな……お手頃な指輪を探そうと啓太も同意して、店を出た。

ちょうど宝石店から出て来た沙絵が、通りの向かい側にいる三人を見つけた。三人はじゃれながら歩いて行く。沙絵の目に耀が見えた。

「……耀……。耀!!」

沙絵は思いきり叫んだ。

耀は立ち止まり、声の方を振り向いた。

初めて聴く沙絵の声だった。

しばらくの間、沙絵と櫂は見合っていた。ふたりの間を車が何台も通り過ぎる。啓太、翔平も、ふたりの様子を見ている。

「誰……?」

春樹がたずねる。沙絵はふと我に返った。

「ああ、櫂くんだっけ。沙絵はたまにウチに来てた」

春樹はポーカーフェイスを取りつくろいながら言う。櫂は通りを渡って沙絵の方に来た。

「久しぶり……」

櫂が言うと、春樹は「……俺、先に行ってるから、話せば?」と立ち去った。


銀座の喫茶室で沙絵と櫂が向かい合って座っている。

「こっち戻って来てたんだ?」

櫂は手話を交えて言う。

「(あ、もう手話なくてわかる)」

沙絵は手話だけで答えた。

「あ、そうか……」

「(卒業の手続きとかあったし)」

「卒業、できるんだ?」

「(うん、試験はレポートとかに差し替えてもらって、向こうから送ったの)」

「そう……」

「(マンションもね、この際、売っちゃおうって。その手続きもあって……)」

「…………。ずっと向こうに？……ドイツに？」

「(そのつもり……)」

「あ……そうだ、……よかったね、手術うまくいって」

「(ありがとう)」と沙絵はとびきりの笑顔を見せる。

「よかったよ……」

「(とうとう真帆さんと結婚？)」

「え……？」

「(だって、宝石屋さんから出て来たよ)」

「……そっちは？　結婚するの？」

　擢はできるだけサラリと言う。

「(うん……まあ)」

「そう……」

＊

　沙絵の細い指のダイヤがキラキラする度に、僕の心をチクチク刺した。

　僕はたくさんの言葉を呑《の》み込み、たくさんの沙絵に対する思いを押し殺そうとして、黙った。

＊

リハビリセンターで櫂は暗い顔をしていた。パチンと顔の前で手が叩かれる。

「あ……。那須田さん」

「歩行訓練、お願いしていいかしら？」

櫂は補助をした。

「お兄さん、もう大学卒業なんでしょ？　4月からもいるの？」

「……いますよ。あ、たぶん、専門学校通ったらだけど」

「へえー。じゃ、通るように応援するわ、私」

「どうして……ですか？」

「だって、お兄さんのリハビリ、受けたいもの。一緒にあそこまでってがんばりたいもの」

「あ……那須田さんにそう言ってもらえると、俺もがんばれる気するな」

櫂は本心から言う。

「え、こんな私でも？」

那須田は驚いている。

「だって、こんな体になって人に頼るばっかりで、そんな風に人から頼りにされたり目当てにされたりすることなんてもう、なくなっちゃっててね……」

「そんな……」

「だから、私、なんだか、今の、力湧いたわ」

那須田の笑顔に櫂もうれしく笑顔になった。

「(ねっ、やっぱりせっかくドイツで式挙げるわけだから、引出物も、それっぽくシェーンバルトとかどうかな。あ、これもかわいい)」

沙絵は母に雑誌を見せた。

「なーに、この子は。いきなり一生懸命になっちゃって」

お風呂《ふろ》のお湯が溜《た》まり、ゆり子が立ち上がっていなくなると、沙絵は一瞬、表情が素に戻った。春樹はその表情を見逃さなかった。

「ねえ、無理してない？」

「(え……？)」

「なんか慌てて急いでるみたいだよ」

「………」

「ちょっとでも止まったら、別のこと考えて……いや、自分のホントの気持ちが見えて来て、立ち止まっちゃうことがわかってるからじゃない」

図星なので、沙絵は黙る。

「あれ、半分あてずっぽで言ったのにな。参ったな……」

「(……ゴメン……)」

「この前、初めて沙絵ちゃん、声出したね」

「……………?」

「指輪買ってた時……」

風呂場から戻って来たゆり子が二人の会話を立ち聞きしている。

「(……ああ……)」

「その声は、櫂って……昔の恋人を呼ぶ声ではなく、今も愛《いと》しい人を呼ぶ声でした」

沙絵はいぶかしげに春樹を見た。

「ほら、クラシックやってて耳いいからわかる」

「…………」

「なんてね。ねえ、急がないから、ちょっと考えてごらんよ、僕との結婚。沙絵ちゃんお母さんのために僕と結婚してこうとしてるんじゃない?」

「(……なんか、冷静だね。自分のことなのに)」

沙絵の答えに、春樹は怒りを抑えて言う。

「冷静なふりしてるんだよ。わかってよ、それくらい」

春樹は部屋を出て行った。

沙絵は堺田研究室を訪ね、教授にドイツの住所を渡した。

「はい、わかりました。じゃ、この住所に卒業証書送ればいいんですね」

沙絵はうなずいた。

「大丈夫ですよ。ちゃんと、手続きしときましょう。卒業式までいられればいいのにね」

「(お手数かけてすみません)」

「いえいえ、お安い御用ですよ」

「(あ……あの……耀くん。結城耀くん、作業療法士の専門学校の試験、通ったんでしょうか?)」

「ああ、まだこれからです」

「(あ……そうですか)」

「気になりますか?」

「(……少し)」

「本人に聞けばいいのに……」

堺田教授はやさしく言う。

「今もリハビリセンターでバイトしてますよ。あ、ごめんなさい。余計なこと。じゃ、これ預かります」

「(よろしくお願いします)」

沙絵は一礼して、出て行こうとする。

「あ、萩尾くん——」

沙絵は振り返った。

「ちょっと早いですが、——卒業、おめでとう」

沙絵は「(ありがとうございます)」と手話で答えた。

大学の門の方へ歩いていくと、真帆が立っていて、誰かを待っている。沙絵は真帆と目が合った。そこに佐野の車が来た。真帆を迎えに来たらしい。沙絵はどういうことだろうとながめている。

「久しぶり」

真帆が寄ってきた。

「よかったら、お茶でも飲まない?」

真帆に誘われ、沙絵は佐野も交えて三人でル・リストに場所を移した。

「あ、あの日ね? あなたが櫂くんのアパートに来た日ね? 彼の忘れたシャツ持って……」

真帆は言った。

「確かに私、彼の家に行ったけど、なんでもなかったのよ。逆に、あの時、ちゃんと別れられたっていうか……」

正直に言う真帆を、沙絵が気にした。

「あ、俺? 俺は平気だから。もう聞いてるから、その話」

佐野が笑う。

「うん……実は、私はちょっと未練あったんだけどね。きっぱりふられたわ」

「それも、聞いてるから、平気」

「(……すごい、大人)」

沙絵の手話を真帆が訳す。

「あなたのこと、大人だって」

「でも、悪かったね、そんなふうに誤解させちゃって」

沙絵は考えこんでいる。

「私、もう今は、会ったりしてないから、櫂くんのこと知らないんだけど、とにかく、私とはもう何もないよ」

「…………」

「あの時も何もなかったし」

「…………」

沙絵は急に立ち上がり、千円札を置いて駆け出して行った。

真帆はその剣幕に驚いた。

「ま、若いってことでしょう」と佐野が言った。

沙絵は中央医科大学病院に来ていた。リハビリセンターでは櫂がバイトをしている。にこやかな笑顔で十歳くらいの男の子に作業指導中だ。そこに、沙絵がツカツカツカッと入ってきて、櫂の前に立ちはだかった。

「……何?」櫂はさすがに、驚いている。

「(話あるの)」

沙絵は大学病院の別の場所に櫂を連れ出した。

「(真帆さんと、つきあったんじゃなかったの?)」

「つきあってないよ」

「(だって、あの日、私があなたが忘れたシャツ届けに行ったあの日、彼女とふたりで家から出て来たじゃない)」

「ああ……。でも、それだけだよ」

「(だったら、どうして、私のこと追いかけてくれなかったの?)」

「は?」

「(私、誤解したまま、あなたをあきらめて、そいでドイツ行ったのよ! なんで追いかけてくれなかったの?!)」

「もしもし……。あなた何言ってんの? 追いかけたでしょ。バス乗ったあんた」

「(そうじゃないっ。あのシャツ届けに行った日によ)」

「……あのさ」

櫂はカチンときている。

「勝手なことばっかり言うなよ！　自分でもうお終《しま》いって言ったんだろっ。ママについてドイツ行くって」

「(そうだけど――)」

「信じられなかったのそっちだろ‼　俺のこと信じられなくて、勝手に新しい恋人つくって、結婚してくのそっちだろっ‼」

「…………」

「俺だって、いつもいつも沙絵の思うようにはならないんだよ」

「…………」

「ロボットじゃないんだ。あんたも、もう大人なんだから自分の言ったことや決めたことに責任持てよ」

「(その……)」

「何……」

沙絵は負けないで言い返す。

「(わかったわよ。わかったけど。その、あんたってやめてよね。すっごいアッタマくるから、やめてよね‼)」

沙絵は激しい手話で言うと、その辺のものを櫂にぶちあてて、踵《きびす》を返した。櫂は思わず深いため息が出た。

沙絵が大学病院を出ると、真帆が立っていた。沙絵は無視して行こうとする。「あ、待って」と真帆は追いかけてくる。

「(櫂なら中ですけど)」

「違うの。私、あなた追いかけて……」

「(何ですか?)」

「その顔はケンカした……?」

沙絵は答えない。

「ねえ、あの時、櫂くん、私に言ったの。あなたのこと好きだって、あきらめられないって……。でも、でも自分じゃないのかもしれないって。不安だ。こんな自分であなたを幸せにできるのかって」

沙絵は意外だった。

「櫂くん、こわかったんだと思う」

「……………?」

「ホントにあなたのこと守り切れるかどうか……。あなたを支えられるかどうか。でも、あなたのために必死で強くなろうとしてたんじゃないかな」

「………」

「ねえ、みんな最初から強いわけじゃないんだと思うの。あなたが喋《しゃべ》るのこわいように」

沙絵は心がピキッとして、真帆を見た。真帆は気丈に続けた。

「あ、ごめんね。許して。手術で聞こえるようになったのに、喋るのこわいように、櫂くんだって、こわいのよ。みんなそうやって弱いとこあるのよ。それ、わかってあげて——」

「あ、沙絵、沙絵。ドイツで挙げる式だけど、茜ちゃん以外で誰か呼ぶ人いる？　親戚《しんせき》も声かけた方がいいのか——」

帰宅した沙絵にゆり子が追いかけて言う。

「(ごめん、ママ。ちょっと疲れてて……)」

沙絵は部屋に入ってパタンと扉を閉めた。

沙絵は真帆の言葉を考えていた。指のリングを抜こうとするが、きつくてすぐには抜けない。涙がポロポロこぼれる。やっと指輪は抜けたが、指に赤い跡が残っていた。

櫂は専門学校の入学試験を受けた。その晩、啓太のマンションに啓太、翔平、茜、櫂が集まって、乾杯した。「お疲れさまー」とそれぞれをねぎらう。「おめでとー」と啓太が櫂に言う。「まだ早いだろ」と櫂は笑う。「受かるよ、きっと」と啓太が励ます。

啓太の引っ越しのダンボールが積み上がっている。そんな中、四人でしみじみ飲んでいる。

「沙絵ちゃんも呼べばよかったのに」

啓太が言うと、ジロリと櫂がにらむ。

「あ、よけいなこと。ゴメン」

「あっ、でも呼んでもよかったかもね——」

茜が言った。

「沙絵、結婚やめたみたい」

「え……?」

初耳に、男チームが驚く。

「たぶんね。とりあえず延期。ドイツの式はキャンセルだって……。沙絵のね、沙絵の心ん中にいるのは、やっぱり櫂くんなのよ。春樹さんに、手術の時そばにいてもらったり、お母さん安心させるために、結婚しようとしたけど、でも、やっぱり櫂くんなのよ」

「……もう、遅いよ」

櫂は言った。

時間が経ち、啓太は酔って寝てしまった。茜はもう帰っていていない。

「櫂、沙絵ちゃん、もうすぐドイツ帰るんだろ」

翔平がふと言う。

「ああ、まあそうだろうな」

「許せないか?」

「え……?」

「いや、他の男とつきあった沙絵ちゃんのこと。自分を信じてもらえなかったこと」

「許せないのかもな……」

「乗り越えられないか？」

　櫂は考えている。

「世界で一番で一生で一番だったら、乗り越えられねーかな、それ」

　翔平が言うが、櫂は答えなかった。


　櫂は専門学校に合格した。堺田教授に報告すると、「いやー、よかったねー」とにこにこしている。

「あっ、彼女に知らせてあげましたか？」

「え？」

「萩尾沙絵さん。気にしてましたよ」

「…………」

「まだ、こっちいるんじゃないかな」

「え……？」

「なんかね。お母さんの仕事の都合で卒業式出られないからって、卒業証書郵送で送る手続き、この前しに来てましたから。知らせておあげなさいよ。喜びますよ」

　櫂は沙絵のマンションを訪ねた。業者が入ってマンションの売値を査定しているところだった。「あの、萩尾さんに何か？」管理人が櫂に言う。

「もうドイツ帰っちゃいましたよ」

櫂はマンションを出た。空を仰ぐと、青い空に、飛行機が飛んで行った。

櫂はリハビリセンターの仕事をがんばった。那須田はひとりで、ようやく目標の場所まで歩けるようになった。

「がんばりましたね」

櫂は那須田の足をさすった。

「櫂くんがね、なんだっけ、その」

「作業療法士」

「そう、それの専門学校の試験受かったっていうから、約束だもんねえ、がんばったよ」

「僕ね、ドイツに行ってみようかと思うんです」

櫂は言った。

「ドイツ？」

「ええ。お金貯めてね、三年後くらいに」

「へえ～、またどうしてドイツ」

「そこに、僕の好きな人がいるんですよ」

「そう……」

「たぶんね、一生で一人の人だと思うんです。こんなの笑っちゃいますか？　那須田さん聞いてたら」

「いいや、笑わない、わかるよ」

「？」

「こんなおばあちゃんにも、一生で一人の人がいるからねえ……」

「へえー、誰ですか？」

「おじいちゃん」

「ああ、よく来てる」

「だから、急ぐことなかれ。お若いの」

那須田は言った。

「真実の前では、神様も遠慮して時を止めるよ」

「……それ、誰の言葉ですか？」

「私」

へえ……と櫂は感心した。


卒業式の日がやってきた。会場で櫂は祝辞を聞きながら、小さくあくびをする。そっと講堂を抜け出し、青空の下で大きく伸びをした。ふと、ラウンジの方を覗《のぞ》くが、誰もいない。「ここも、おさらばか……」櫂はひとりごとを言った。オレンジの会で集まっていた椅子に座ってみる。

「そこに啓太だろ……翔平、茜ちゃん……。俺、そして——沙絵……」

みんながいつも座ってた場所を確認する。ふと、櫂はオレンジノートを見つけた。

「————！」

櫂はノートを開いた。一番最後のページに『やったね、卒業!! バンザイ、オレンジの会!! 沙絵』と書いてあった。櫂はしばらくそのページを一気に読んだ。そして、走り出し、構内に沙絵の姿を捜していく。沙絵との思い出の場所がよみがえる。

『櫂。卒業おめでとう。考えたら、私のこの大学にいた時間は、全てが櫂との時でした。あなたが笑って、あなたが怒って、あなたが泣いて、そして私がいました。あなたのやさしさの中で、私は生きていました。そこはとても居心地がよかったし、なんだか妙な話だけど、懐かしかった。

ここで起きた数々の出来事を私は忘れません。たとえ、櫂が忘れてしまっても。

そして、ありがとう。本当にありがとう。私はあなたがいなかったら、きっと、生きてはいけなかったんではないかと思います。いや、死んじゃうことはなかったろうけど、あんな風に、生き生きとは生きてはいなかっただろうと思う。

耳がダメになった時に、私は絶望の中で多くのことを諦《あきら》めました。そして、世界でたった一人の人に出会う、生涯で唯一の人に出会う、なんてことはもちろん信じられなくなりました。でも、あなたに出逢《であ》って、もう一度そんなことを信じるようになりました。櫂は私にとってかけがえのない人でした。そしてこれからもきっとそうです。離れてしまっても。

最後に、ごめんね。櫂。あなたを信じ切れなくてごめんなさい。私、考えてみた。どうしてあの時、あなたのことを信じられなかったか。自分が弱かったせいだね。自分が弱いと人も信じられないんだ。だから、私は強くなろうと決めました。とりあえず、ひとりで暮らして、ひとりでやって行こうと思います。こわいけど、少しわくわくしてます。櫂も頑張ってね。私も頑張ります。これからの櫂の人生に、幸多からんことを願って。

ハギオ　サエ』

櫂はハッと思いあたって、初めてふたりが出会った場所に走った。が、そこに沙絵はいない。もう一度、ハッと思い、大学から出て行く。そして、あのオレンジの木の下に行くと、沙絵がいた。オレンジを必死で取ろうとしている。櫂はやさしいため息をつき、見つめた。

沙絵はオレンジをやっと取った。フウッと満足し、何やら視線の気配に気がつき櫂を見つける。

「なんでいるの。卒業式出ないで帰るんじゃなかったの?」

耀はそっけなく言う。

「(そっちこそ、なんでいるの。まだ、卒業式終わってないよ)」

「飽きたよ」

「(私も飽きて出て来ちゃった)」

沙絵は笑う。

「そういうことやってると、卒業取り消しになるよ」

「(えっ、ホント?!)」

「う、そ」

沙絵は笑った。耀も思わず笑顔を返す。

「(こっちで、仕事見つけるの。こっちでがんばることにした)」

沙絵は言った。

「(ひとりで部屋も借りたのよ。えらいでしょ)」

「(えらいよ)」耀は手話で返す。

「(ドイツには帰らない)」

「そう」

「(そう……って、それだけ?)」

「こっから……」

「………?」

「こっから始めないか？　俺たち、もう一度――」

燿の言葉に沙絵は心がキュッとなった。

「もう一度、ふたりで――」

沙絵は答える代わりに、ポンとオレンジを燿に投げた。燿は鮮やかな色の実をキャッチした。

「（あげる。卒業おめでとう）」

「（ありがとう）」

手話で答えかけた燿に、沙絵は笑顔で駆け寄っていく。

講堂ではまだ来賓の祝辞が続いていた。茜、翔平、啓太が横並びで聞いてるが、そのうち飽きて出て行った。

オレンジの木の下で、沙絵と燿は抱き合った。そして、しっかりと手をつなぎ、走り出した。

燿は幸せだった。

＊

その年、僕は光を見つけた。ただ続く毎日の闇の中で、一筋の光を見つけた。

その光は、時おり弱くなったりもするけれど、僕の心を照らし続ける。

彼女は僕の命の光だ。

＊

翔平たち三人は校門を出たところで、走ってきたふたりを見つけた。三人は合流するように、ふたりを追って走り出した。

大学生活最後の日──。

子どもでいられる最後の日を、五人は笑顔で、思いっきりはしゃいで過ごした。

そうして、櫂と沙絵はふたり、新しい人生のスタートを切った。

櫂が専門学校へ出かける。

沙絵が櫂を見送る。

「じゃ。行ってくる」

そのまま櫂が行こうとすると、その声は聞こえてきた。

「櫂、いってらっしゃい」

沙絵の声だった。

櫂が泣き出しそうな顔で振り向くと、沙絵が太陽のような笑顔で立っている。

ここから、始めるんだ。

「いってきます」
櫂は自信を持ってその一歩を踏みしめた。

End

解説　リアルに青春してました。

妻夫木　聡（俳優）

「オレンジデイズ」の台本を初めて読んだとき、役柄を通してリアルに大学生活を体験できそうな気がして面白そうだなと思ったのを覚えています。僕自身は大学に通った経験がないので、単純にキャンパスライフというものに憧《あこが》れがあったんです。だから、撮影期間中はまさに大学生になったような気分でした。ドラマの中で、仲間うちの集まりを〝オレンジの会〟と名付けてるんですが、現場でもドラマみたいに〝オレンジの会〟ができあがっていて、一日の撮影が終わると、スタッフを含めた〝オレンジの会〟でしょっちゅう飲みに行っていました。

僕が演じた櫂は、太陽みたいなあたたかさを持っている、マイナスイオンを発する彼。自分の将来に対して揺らぎながら進みつつも、人としての基本的な考え方はとてもしっかりしていて、すごいヤツだなと思いました。僕が22歳のときは、櫂ほど人間ができあがってなかったです。

好きな女の子に対しても、男って、どちらかというと〝守ってやりたい〟とか〝ひっぱっていきたい〟という気持ちが強くなりがちだけど、櫂の場合は好きな人を優しく包み込む感じ。相手に投げ掛ける言葉も、「好き」とか「愛してる」より、「大事」とか「大切」という言葉のほうがしっくりきて、そんなふうに相手を包み込んであげられる愛し方もすごくいいなと思いました。

燿が恋した沙絵は耳が不自由という設定だったので、役作りの中で手話を勉強できたのも新鮮でした。最初はたいへんだったけど、覚え始めたらもう面白くて、撮影とは関係ないときでも現場で使っていました。手話って、言葉を表す動作のひとつひとつに意味があって、その発想が面白い。たとえば、「愛してる」と「大切」という言葉の手話は同一で、その動作には〝一緒になる〟という意味合いがあるんです。それが自分的には興味深くて、物事の本質を見ることの大切さを改めて感じたというか。それに、言葉では簡単に嘘をつくことができるけど、手話の場合は自分の感情を手だけでなく表情や体全体でも表現するので、自分の気持ちも相手の気持ちも体で感じられる。だから、手話で話しているとホントに素直になれる気がしました。

北川さんのドラマの世界観については、あまりよけいな予備知識を持たずに、自分が楽しんでやれればいいなと思って取り組んでいたんです。そうすることによって、北川さんの台本に導かれて自分の内側から出てくるものを素直に表現したかった。そもそも、北川さんご自身が、僕らがパッとイメージする想像の中の脚本家像とはかけ離れてましたし。北川さんと初めてお会いしたのは、ドラマの撮影に入る1年以上前。それまでも数々のヒット作を飛ばしていた脚本家の方だから、ちょっと気難しい感じの方を想像していたんです。でも、実際の北川さんは僕の想像とは正反対の、可愛らしくて乙女のような方だった。もちろん頭の中ではいろんなことを考えているんだろうなと感じましたけど。

それに、北川さんの台本には、登場人物に対して『○○はこんな人になってほしいな』という北川さんご自身の願望も含まれているような気がするんです。『こうなったらもっといい男じゃん？』とか『もっといい女じゃん？』という投げ掛けによって、僕らの中からそういういい部分を引き出してくれる。だから、役自体もすごくいい感じにできあがるし、演じる僕らのことも人間的に成長させてくれるんじゃないかなと思います。

僕は、小・中学生の頃はドラマを観るために家にダッシュで帰るようなタイプの子供だったんです。当時は「東京ラブストーリー」とか「振り返れば奴がいる」とか、次の展開が気になって、予告さえも見逃したくないようなドラマがいろいろあったから。そのぐらい引き込まれるドラマに最近はなかなか出会えていなかったけど、この「オレンジデイズ」はまさにそういう作品。ラブストーリーとしてもホントにいいなぁと思ったし、櫂と沙絵のお互いを思いやりすぎてくっつきそうでくっつかない感じがもうじれったくて、演《や》ってる僕らも次回がどうなるのかが気になってしょうがなかった。

個人的には、二人が思い悩みながらもそれぞれの夢に向かって踏み出していく9、10、11話あたりが大好きで、今も観ることがあります。特に忘れられないのが、最終回のラストで家を出掛けようとする櫂が「行ってきます」と言うと、それまで声を出して話そうとしなかった沙絵が、初めてたどたどしい口調で「行ってらっしゃい」と言うシーン。あそこは本当にリアルに心に響いたし、何度観ても泣ける。

10代後半や20代になりたての頃の恋愛って、相手を好きという純粋な気持ちだけで突き進むことができるけど、大人になるにつれていろんな葛藤《かっとう》や障害が出てきて、何が一番大切かということを忘れがちになってしまうと思うんです。自分では変わっていないつもりでも、僕自身にもきっとそういう部分はある。その失いがちな何かをこのドラマをやったことで再確認できて、また初心に戻れたような気がします。櫂と沙絵を見ていて、相手に求めることは簡単だけど、そうじゃない、支えあう恋愛がしたくなりましたね。

僕は自分が出た作品はどれも大切で愛しているけど、「オレンジデイズ」のように物語も役柄も本当に大好きで、大切だなと思える作品に出会えることはそうそうないんです。今振り返ると、撮影をしていた半年間はまさにオレンジ色に染まっていた感じ。リアルに青春してましたね。僕にとってこのドラマは、昔撮ったホームビデオみたいに、観るとすごく安心してあたたかい気持ちになれる作品なんです。

またいつか、北川さんとはぜひお仕事をさせていただきたいです。でも、大好きな「オレンジデイズ」を超えるとか超えないとかいう話になるといやなので、次は恋愛もの以外でもやってみたいですね。ドラマが終わって2年近く経った今も、実は〝オレンジの会〟は続いています。みんなで鍋《なべ》を囲んだりカラオケをしたり。北川さんもぜひメンバーとして、ご参加くださることをお待ちしています。

『Sign』Mr. Children
作詞・作曲／桜井和寿　プロデュース／小林武史

届いてくれるといいな
君の分かんないところで　僕も今奏でてるよ
育たないで萎れてた新芽みたいな音符《おもい》を
二つ重ねて鳴らすハーモニー

「ありがとう」と「ごめんね」を繰り返して僕ら
人恋しさを積み木みたいに乗せてゆく

ありふれた時間が愛しく思えたら
それは〝愛の仕業〟と　小さく笑った
君が見せる仕草　僕に向けられてるサイン
もう　何ひとつ見落とさない
そんなことを考えている

たまに無頓着な言葉で汚し合って

互いの未熟さに嫌気がさす
でもいつかは裸になり甘い体温に触れて
優しさを見せつけ合う

似てるけどどこか違う　だけど同じ匂い
身体でも心でもなく愛している

僅かだって明かりが心に灯るなら
大切にしなきゃ　と僕らは誓った
めぐり逢った　すべてのものから送られるサイン
もう　何ひとつ見逃さない
そうやって暮らしてゆこう

緑道の木漏れ日が君にあたって揺れる
時間の美しさと残酷さを知る

残された時間が僕らにはあるから
大切にしなきゃ　と小さく笑った

君が見せる仕草　僕を強くさせるサイン
もう　何ひとつ見落とさない
そうやって暮らしてゆこう
そんなこと考えている

ドラマ「オレンジデイズ」

Staff

脚本＊北川悦吏子
演出＊生野慈朗・土井裕泰・今井夏木
プロデュース＊植田博樹
主題歌＊「Sign」Mr.Children
制作＊ＴＢＳエンタテインメント
製作・著作＊ＴＢＳ

Cast

結城　櫂————妻夫木聡
萩尾沙絵————柴咲コウ

相田翔平————成宮寛貴
小沢　茜————白石美帆
矢嶋啓太————瑛　太

高木真帆————小西真奈美

佐野————柏原　崇
柿崎————永井　大
春樹————沢村一樹

佐伯そよ子————山田　優
桐島あゆみ————上野樹里
結城　愛————岡　あゆみ
アリサ————佐藤江梨子

堺田教授————小日向文世

萩尾ゆり子————風吹ジュン

Book Staff

脚本＊北川悦吏子
ノベライズ＊小泉すみれ
装画＊くらもちふさこ
装丁＊片岡忠彦

出版コーディネート＊ＴＢＳ事業本部コンテンツ事業局

本書は2004年４月11日から６月20日まで、全11回放送されましたＴＢＳ系連続ドラマ「オレンジデイズ」の脚本を基に小説化したものです。小説化にあたり、放送とは若干異なることがありますことをご了承ください。
本書は2004年６月に刊行されました、自社単行本を文庫化したものです。

オレンジデイズ

北《きた》川《がわ》悦《え》吏《り》子《こ》

平成18年 2月25日　初版発行
令和7年 4月5日　17版発行

発行者●山下直久

発行●株式会社KADOKAWA
〒102-8177　東京都千代田区富士見2-13-3
電話　0570-002-301（ナビダイヤル）

角川文庫 14126

印刷所●株式会社KADOKAWA
製本所●株式会社KADOKAWA

表紙画●和田三造

●お問い合わせ
https://www.kadokawa.co.jp/（「お問い合わせ」へお進みください）
※内容によっては、お答えできない場合があります。
※サポートは日本国内のみとさせていただきます。
※Japanese text only

ISBN978-4-04-196623-5　C0193

JASRAC 出 0600871-517

角川文庫発刊に際して

角川源義

第二次世界大戦の敗北は、軍事力の敗北であった以上に、私たちの若い文化力の敗退であった。私たちの文化が戦争に対して如何に無力であり、単なるあだ花に過ぎなかったかを、私たちは身を以て体験し痛感した。西洋近代文化の摂取にとって、明治以後八十年の歳月は決して短かすぎたとは言えない。にもかかわらず、近代文化の伝統を確立し、自由な批判と柔軟な良識に富む文化層として自らを形成することに私たちは失敗して来た。そしてこれは、各層への文化の普及滲透を任務とする出版人の責任でもあった。

一九四五年以来、私たちは再び振出しに戻り、第一歩から踏み出すことを余儀なくされた。これは大きな不幸ではあるが、反面、これまでの混沌・未熟・歪曲の中にあった我が国の文化に秩序と確たる基礎を齎らすためには絶好の機会でもある。角川書店は、このような祖国の文化的危機にあたり、微力をも顧みず再建の礎石たるべき抱負と決意とをもって出発したが、ここに創立以来の念願を果すべく角川文庫を発刊する。これまで刊行されたあらゆる全集叢書文庫類の長所と短所とを検討し、古今東西の不朽の典籍を、良心的編集のもとに、廉価に、そして書架にふさわしい美本として、多くのひとびとに提供しようとする。しかし私たちは徒らに百科全書的な知識のジレッタントを作ることを目的とせず、あくまで祖国の文化に秩序と再建への道を示し、この文庫を角川書店の栄ある事業として、今後永久に継続発展せしめ、学芸と教養との殿堂として大成せんことを期したい。多くの読書子の愛情ある忠言と支持とによって、この希望と抱負とを完遂せしめられんことを願う。

一九四九年五月三日